停跡坪

16處國定古蹟的文學跨界書寫

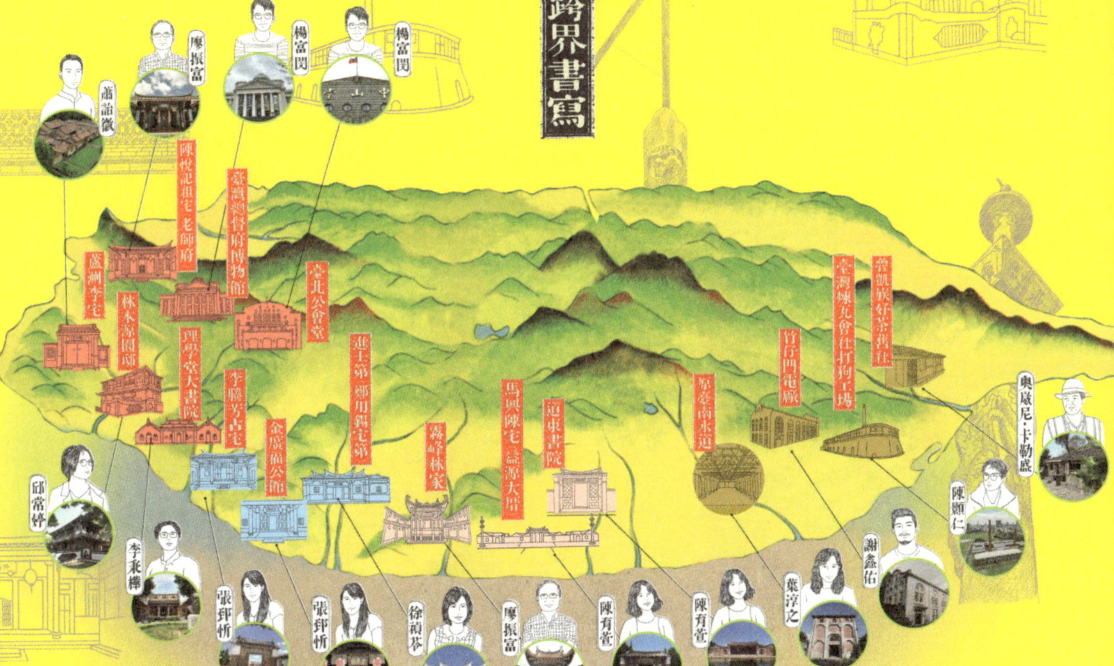

文化部文化資產局
中華民國 114 年 9 月

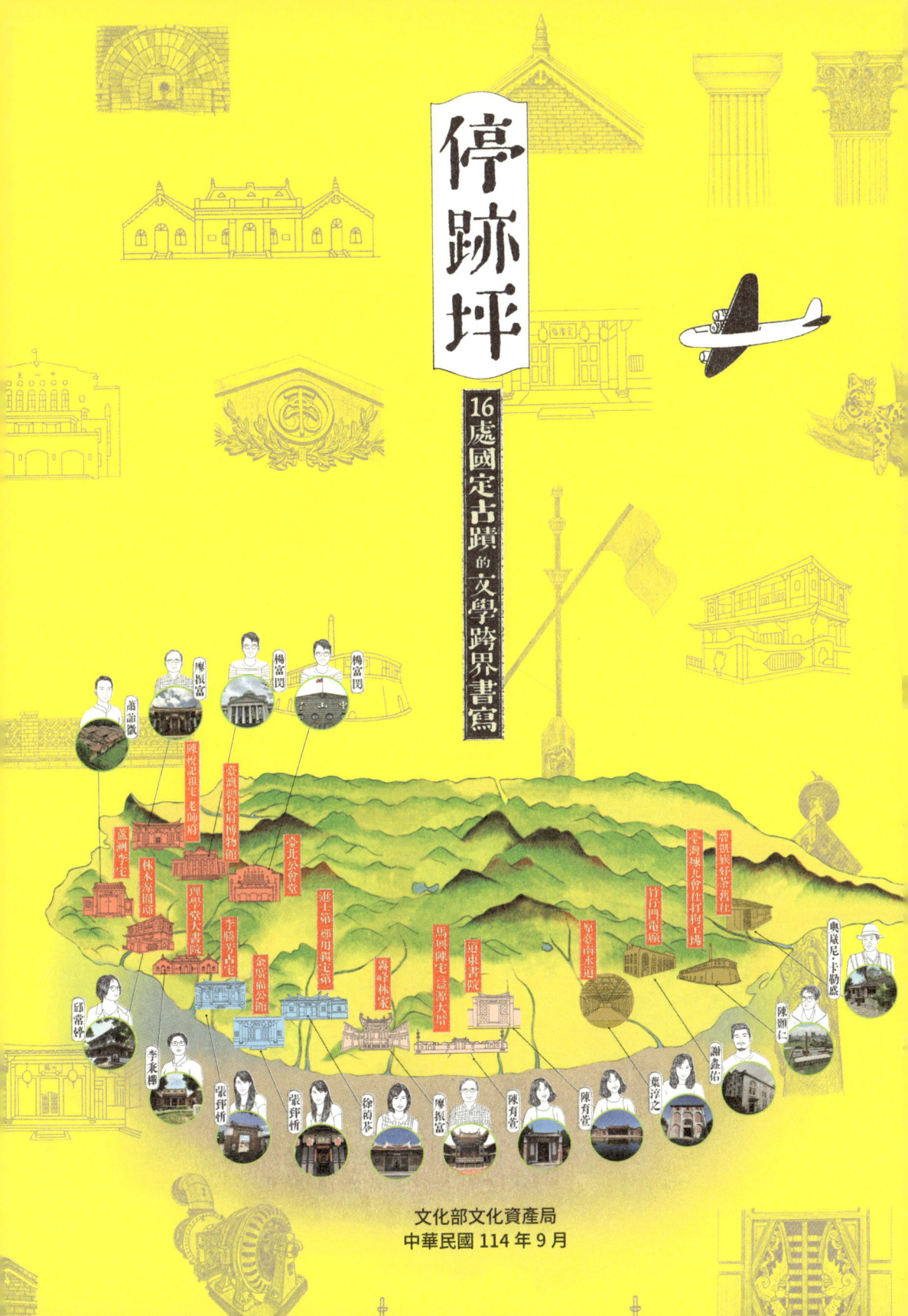

【目次】

16處國定古蹟的文學跨界書寫

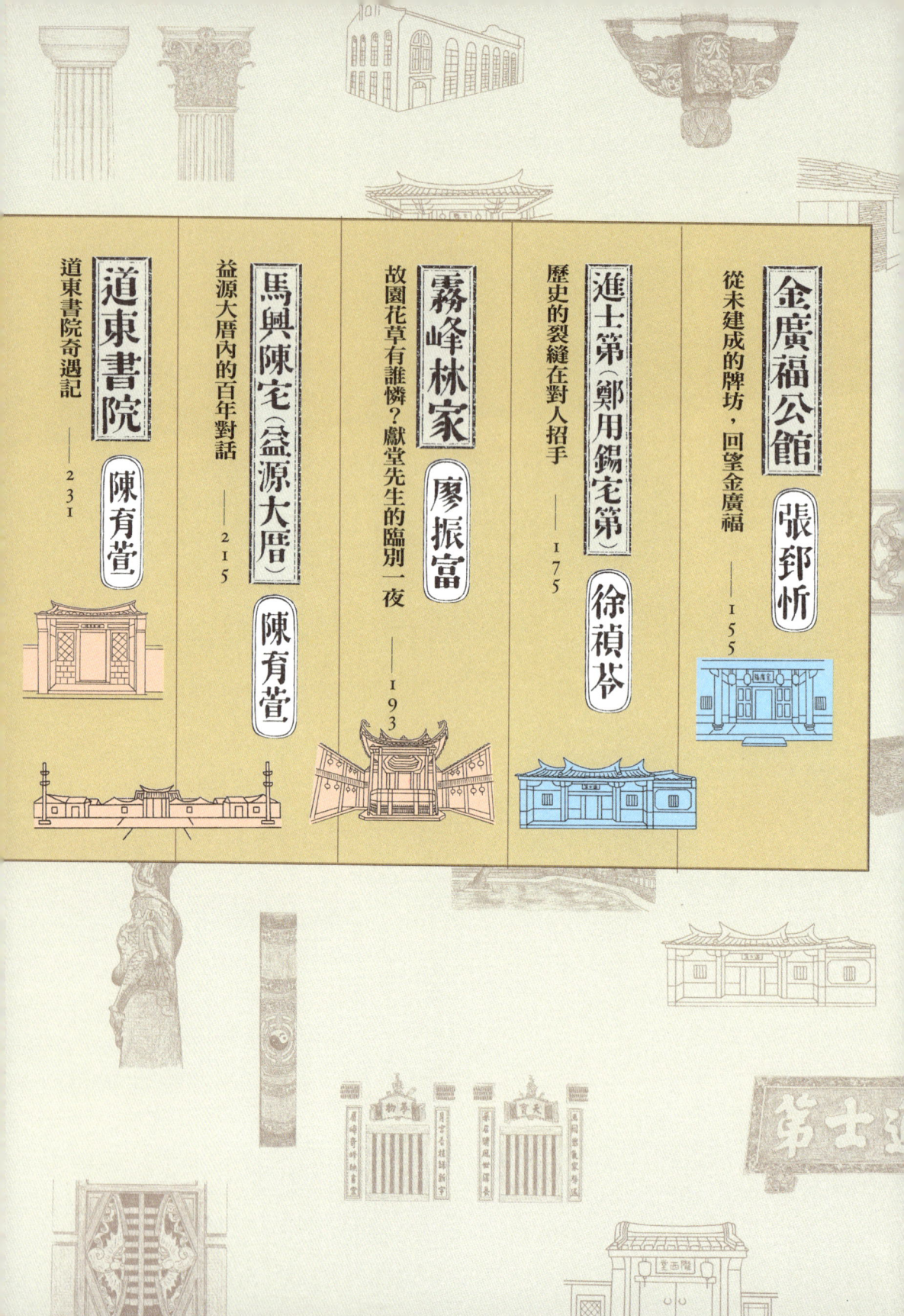

一趟古蹟的時光行旅

文化部　部長　李遠

古蹟，是風土、人文以及時間的見證者，其存在意義不僅僅是建築本身的特色，更重要是封存其中發生過的人、物、故事。古蹟佇立在那裡，看似無聲卻訴說這塊土地發生過的故事。文學展現人們的思想，用文字記錄並以藝術手法表露情感與想像，用散文、詩歌、小說、戲劇呈現。

當冷硬的古蹟建物與柔軟的文學相遇，會碰撞出什麼樣的火花？用虛構的情節引領人穿梭百年前的時空，以神靈的視角探索一座古宅的身世；透過擬人化的物件訴說一座園林的傳奇，抑或從文獻文本重現建築物當年的風華……。古蹟的豐厚人文成為創作養料，文學的無垠想像則讓古蹟有了鮮活樣貌。

文化資產局規劃「國定古蹟專刊」系列叢書，一直致力「讓古蹟真正走入民眾日常」，先前已有兩本問世，前者以宗教信仰為切角，後者以軍事遺構為重點。二〇二五年推出本系列第三冊《停跡坪：十六處國定古蹟的文學跨界書寫》，即是古蹟與文學完美結合的展現，令人驚喜。

古蹟是立體的歷史，是故事的「停跡坪」，本書邀請著名的作家，以紀實報導、散文、小說等不同文學筆法，針對古蹟的時代背景、人文故事、建築特色、在地影響等進行創作，用「文學之眼」

觀看古蹟，讓讀者對古蹟產生不同路徑的理解，從而理解，古蹟不只是建築，更是一個充滿細節的場域。

本書用「民居生活」為主題，類型包含：家族宅院、公共建設，新式學堂與傳統書院等。老宅古厝，除了是家族榮光的展現，也具有傳承的意義；大型公共建設，不論水力、電力建設，或是現代化的博物館，它們是時代的見證者；東、西方教育制度下的書院，展現了島嶼文化的多重性以及複雜性。這些古蹟，是先民在我們這塊土地上所留下的痕跡，也記錄了不同時期的文化發展。

文學和文化資產的跨界合作，從古蹟到地方，再到我們共同生活的島嶼，從一個據點，連成脈絡，完成我們對於歷史文化的理解。

邀請讀者開啟觀看古蹟的新方式，你會發現，過去從來就不遙遠，跟著文學家的思索與想像，一同在紙上閱讀，用想像抵達「現場」，感受古蹟無聲卻充滿故事的魅力。

再生的另一種可能

文化部文化資產局 局長 陳濟民

傳承與推廣文化資產，是文化部文化資產局長期的工作目標，古蹟作為重要的有形文化資產，在時代快速更迭的趨勢下，如何透過不同的形式，吸引與喚起民眾對於古蹟的關注，是文資局一再思考與努力的方向。

近年來，本局著手策畫不同主題的古蹟專書，藉由新穎、有趣的方式展現古蹟歷史的多樣面貌，有意拉進人們在生活中與歷史的距離，希望讀者能透過閱讀各篇故事，引起興趣主動走進古蹟現場，了解古蹟承載的臺灣史、世界史，進一步提升國民史觀與美學素養。

在「國定古蹟專刊」系列叢書中，二〇二二年，率先以宗教信仰為主題，走訪全臺二十八處宗教類國定古蹟，編撰《寧靜時光》一書，帶領讀者感受寺廟、祠堂、教堂中療癒人心的神聖與溫暖。二〇二三年，接著出版《歷史上的刺蝟島》一書，關注臺灣作為軍事要地，歷代政權在這座島嶼修建的堡壘、砲臺、要塞、城池等各式防禦設施，選定全臺十四處戰爭與軍事遺構類國定古蹟，邀請六位作家以文學的眼光來回應歷史。今年（二〇二五年），我們延續以文學視角切入歷史的構想，邀請十二位作家，造訪全臺十六處國定古蹟，包括部落、民居、園林、書院、工廠、博物館、公會堂等貼近民眾生活的古蹟類型，透過創作或紀實等不同視角述說故事，再現歷史空間的精神。

在《停跡坪：十六處國定古蹟的文學跨界書寫》本書中，作家各有不同的寫作風格，他們透過實地探訪古蹟，保留身處古蹟現場的地方感，並整合歷史資料，以古蹟空間與歷史為基礎，進行想像、重構與再現，書寫出數篇各自獨立的故事。讀者跟隨作家的筆尖，進入不同歷史時空下的故事情境，得以體感人物所經歷的生命旅程與生活面貌，回觀並反思古往今來地景或古物變化的文化意義。

古蹟是歷史遺存的證明，也是人們真實走過的足跡，我們將全臺十六處古蹟歷史鋪寫為一處寬廣、富有生機的草坪，誠心邀請大家一起參與這趟閱讀的旅程，從不同時代與地方觀看常民生活的多樣面貌，在文學與歷史的碰撞間，尋找古蹟再生的另一種可能。

推薦序

有故事的建物就是古蹟

李乾朗

由於工作的緣故，我長期接觸臺灣古蹟及歷史建築的審定事務，特別是指定古蹟時，擔任審查委員或文化資產修護工程的指導，最常遇到有人問我「什麼條件才算是古蹟？」如果引述《文化資產保存法》的條文，要舉出「歷史」、「藝術」及「科學」等文化價值，像教科書寫的一樣，常令人似懂非懂。後來有個朋友聽了我的說法，他直接了當地說：「有故事的建物就是古蹟。」我馬上同意他簡明、準確而有說服力的定義！

「有故事的建物」就是古蹟或歷史建築，殆無疑義！但建築物自己不會發聲講述故事，還是要有人替它們說故事，這讓我想起小時候在淡水廟口聽人「說書」的記憶。說書人用抑揚頓挫的語氣與生動的手勢表演，不但有吸引力，並且在重要情節賣關子，讓聽眾心急如焚，心中充滿了期待。

事實上，古蹟本身即是傳統文化的載體。在臺灣古蹟中，特別是寺廟樑柱、牆壁上的石雕或木雕、交趾陶，經由匠師旁徵博引，將《封神演義》、《東周列國誌》、《三國演義》、《西遊記》或《二十四孝》等戲劇情節以藝術的形式表現出來。易言之，古蹟是劇場或舞臺，透過歷史人物在舞臺上鋪陳情節並互相對話，故事就一幕接一幕地開展出來，傳達「忠孝節義」的傳統價值觀念，引人入勝。

本書由文訊雜誌社邀請多位著名作家，運用說故事的技巧引領讀者走進幾座臺灣著名的古蹟，有的透過真實的歷史人物，有的以作者自身的體驗，更有趣的是化身為建築物上的局部構件，賦予它們生命並登場演出。

住宅反映家庭生活的規矩、倫理制度，並規範空間設計。古時特別重視親疏之禮節，所以住宅有所謂「避客」的設計，多用圍牆或屏風遮擋，使陌生的來客不會直接面對婦孺家眷，大戶人家如陳悅記祖宅（老師府）、蘆洲李宅、板橋林本源園邸、李騰芳古宅、馬興陳宅（益源大厝）及霧峰林宅皆可見之。

這本充滿想像力的書，不但故事生動，還附上許多珍貴的圖片，其中有不少插圖極為精美。我們知道有時圖片的說明力會勝過文字，特別是古蹟的屋脊或門窗充滿了「福祿壽喜」、「旗球戟磬（祈求吉慶）」等各種隱喻。

本書有多篇的寫法是依據參觀路線所作的觀察，它有如電影的鏡頭，帶領讀者登堂入室，景象層層推出。而門窗的形式、色彩、雕刻，柱上聯對及梁上匾額的詩句也盡收眼中，讀者有如身歷其境。透過文字的閱讀來欣賞古蹟，相信讀過這些文章的人，心中一定會有想去現場參觀的欲望。

無論如何，古蹟建築確是歷史文化及藝術的載體，透過文字的描述與故事的鋪陳，讓讀者走進時光隧道，感受歷史的洗禮與藝術的饗宴，這是本書最大的貢獻，我大力推薦給喜愛古蹟的人士。

二〇二五年四月謹誌

每一座古蹟都是一個伏筆

編序

二〇二四年夏天，我們帶著作家陸續造訪了座落在臺灣各處的古蹟。出發之前已經先閱讀了相關的研究報告和書籍，認為掌握了大致的脈絡以及必要的知識系統才前往「現場」。也總是毫無例外的，以為已經完成編排的思考路徑得以讓我們游刃有餘穿梭其中，卻老是在現場被各種觀看撞擊，延伸了更深的理解、更多的發問。後來，才能明白——每一座古蹟都是一個伏筆。

潛伏在這裡的每一個細節，無論是眼睛可見的建築特色，或是這間房子的過去故事，這是現場的歷史課，範疇擴及了文化史、建築學、城市史等，涉及到臺灣的發展脈絡，同時也把臺灣放在世界史的維度上。早在十六世紀，閩南的泉州人、漳州人，閩西粵東的客家人，穿越黑水溝來臺拓墾，十八世紀後，富商、士紳日漸增多，社會及經濟狀況允許興建較豪華的宅邸，從宅邸的建築，讓我們得以理解漢人的宇宙觀、家庭觀。也早在漢人移居之前，臺灣的原住民，因應自然環境與社會組織倫理，展現了具特色的聚落型態以及建造家屋的方式；一八七二年，來自加拿大的馬偕，遇見了當時商務繁榮的淡水，河口山嶺的優美景色，讓他選擇以此地作為宣教基地，終生奉獻臺灣。另一方面，書院則是來自中國古代社會的教育機構，中、西方教育共容、多元，是時代的印記；一八九五年，臺灣為日本政府第一個海外殖民地，為了更有效率行使統治權，展開一連串新的建設，如水、電工程系統以及磚造工廠，同時也建造了現代化的藝文場所。

這本書所涵蓋的古蹟類型包含了民居宅第、教育機構和公共建設，圍繞在「常民生活」的大主題下。而在企劃初期，便決定以「文學」作為這本書的視角，透過作家的在場，不設限文類與書寫風格，以純粹創作的心靈，結合歷史、建築等跨域視野，以文字留下理解古蹟的方式，用文學搭橋，讓我們走進古蹟。

作者穿進了時間的夾層，躍進了古蹟特有的空間感，無論是以報導或是小說的形式，成為歷史的對話者，以及時空語境的翻譯者。作為讀者的你們，可以單純的把文章當作故事去閱讀，也可以拉開距離，感受作者何以選擇此角度，為何而創作？或許試著將其放置在臺灣的發展脈絡下，探索它的背景、成因等。

《停跡坪》透過文學創作，暗示著古蹟被建築、被生活、被使用、被毀壞、被重生的過程。這是一段不算短的時間，密密麻麻的痕跡覆寫其中。除了文學創作，藝術家萬向欣為每一處古蹟的建築特色留下精美的插畫，另也搭配現場的攝影照片以及老照片作為輔助，「插畫、照片」與文字成為不同面向的觀看。

特別感謝顧問李乾朗教授，審校仔細，提示我們許多觀念，讓這本書保有文資的正確性。更無比珍貴的是，身為「專家」的他，在面對古蹟時，還是擁有一顆炙熱的心——那滾燙朝我們蔓延而來，讓我們在面對建築、歷史時，更謹慎更努力，也更大膽的創造。

李騰芳古宅
張郅忻
以屋讀人：大溪李騰芳古宅

魯凱族好茶舊社
奧崴尼・卡勒盛
重回故鄉的回眸

金廣福公館
張郅忻
從未建成的牌坊，回望金廣福

陳悅記祖宅（老師府）
廖振富
期待陳悅記老師府的明天

霧峰林家
廖振富
故園花草有誰憐？獻堂先生的臨別一夜

林本源園邸
邱常婷
林妹、鰲魚與倒爬獅

道東書院
陳育萱
道東書院奇遇記

馬興陳宅（益源大厝）
陳育萱
益源大厝內的百年對話

蘆洲李宅
蕭詒徽
抓周

原臺南水道

葉淳之

水之流．足之跡

進士第（鄭用錫宅第）

徐禎苓

歷史的裂縫在對人招手

理學堂大書院

李秉樺

牛津學堂的誕生與馬偕的教育理想

臺灣總督府博物館

楊富閔

一個時間的地點：博物館的文學斷片

臺灣煉瓦會社打狗工場（中都唐榮磚窯廠）

陳顥仁

影子透出橘紅色的光

臺北公會堂

楊富閔

從儀式到文字：打開中山堂的方法

竹仔門電廠

謝鑫佑

姐婆

停跡坪

16處國定古蹟的文學跨界書寫

島的對話者和翻譯者

古蹟是文化礦脈，等待我們挖掘和探索。作家以古蹟為標的進行創作，為「古蹟」注入新的視角。文學有其虛構的能量，在歷史與建築的縫隙之處，找到觀看的方式。

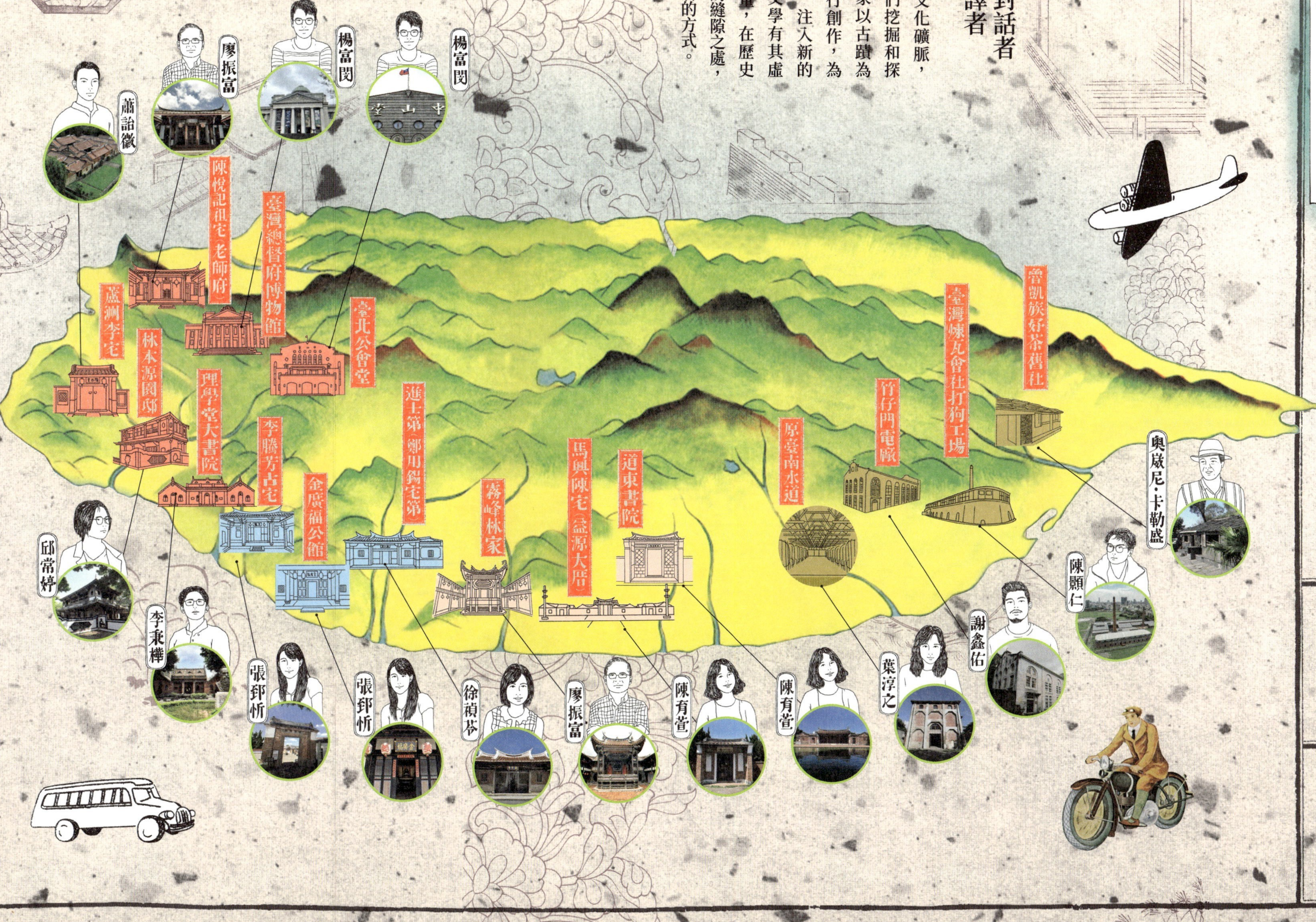

林本源園邸

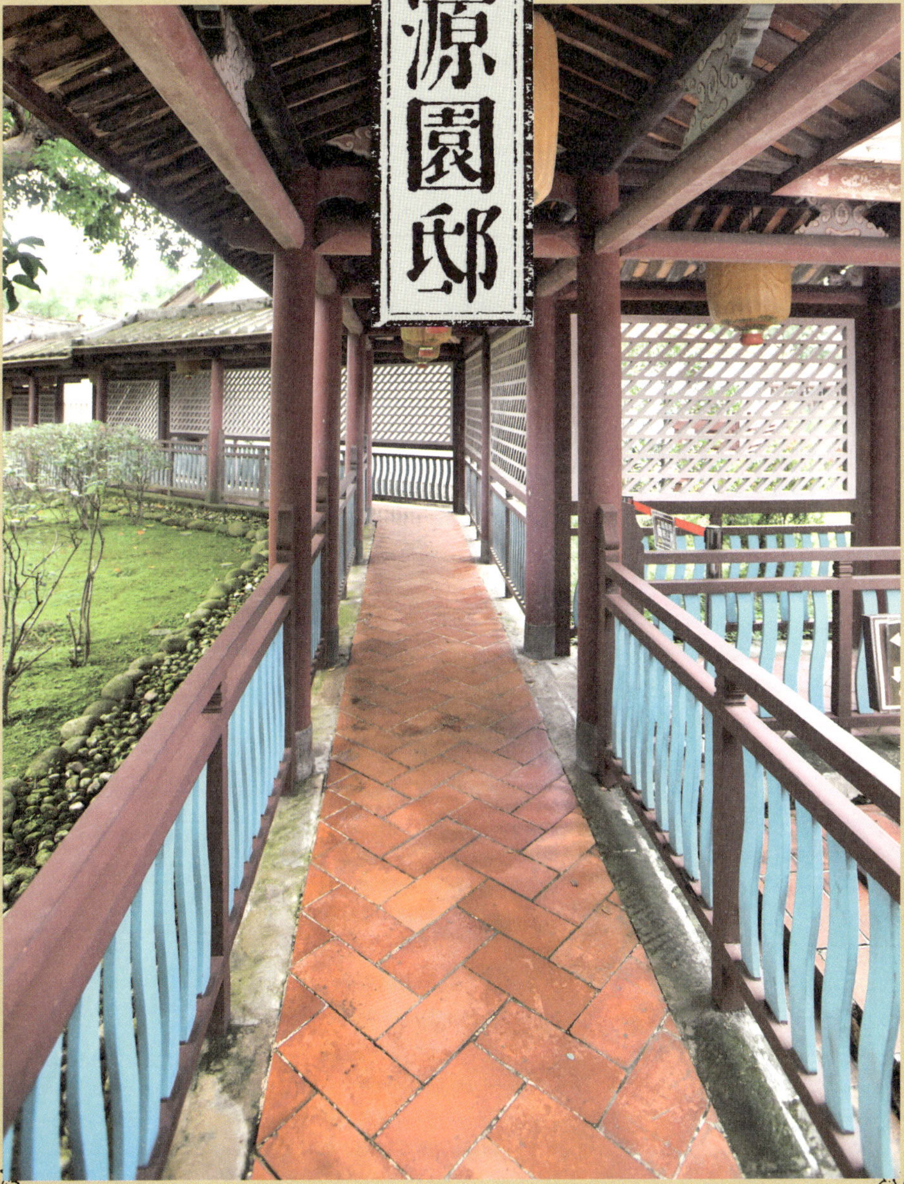

林本源園邸位於新北市板橋區，爲板橋林本源家族興建的園邸。清朝乾隆四十三年（一七七八年），林家開臺祖林應寅自福建漳州來臺，最初落腳於新莊；清朝嘉慶二十四年（一八一九年），林應寅次子林平侯爲了躲避漳泉械鬥之亂，遷至大嵙崁，即如今的桃園大溪，開墾田地，田租收入大增；清朝道光二十七年（一八四七年），林家爲了方便收佃租，在枋橋，即今板橋，建北上屯租的租館，後經林國華、林國芳兩兄弟擴建，成爲林本源家族的園邸。

林本源園邸其名稱由來，源自林家有「飲記」、「水記」、「本記」、「思記」、「源記」五個字號，意爲「飲水本思源」，第三代林國華的「本記」及其弟林國芳的「源記」，並稱爲林本源；林本源園邸，「園」則是宅邸旁的園林，園景中包含觀稼樓、榕蔭大池、來青閣、定靜堂、汲古書屋等建築，乃俗稱的板橋林家花園。「邸」指林家族人居住的宅邸，即三落大厝。園林與宅邸合爲林本源園邸的區域範圍。

板橋林家作爲清朝的臺灣首富，列居臺灣五大家族之一，與臺中的霧峰林家並稱，臺灣人稱「一天下，兩林家」。從清朝、日治時期乃至戰後以來，歷代林家族人參與諸多經濟與政治要事，家族財富勢力福澤後代，至今其政經地位仍顯赫。而林本源園邸亦是臺灣僅存最完整的園林建築，實有文史保存及古建築研究的重要價值。

三落大厝第一進正面。

林本源園邸

●地址：新北市板橋區西門街 9 號

●開放時間：09:00~17:00，每月第一周周一公休

邱常婷

臺東人，生於一九九〇年。畢業於東華大學華文文學系碩士班創作組，現就讀臺東大學兒童文學研究所博士班，曾獲聯合文學小說新人獎首獎等文學獎項，獲文化部藝術新秀補助、青年創作補助。著有《怪物之鄉》、《天鵝死去的日子》、《夢之國度碧西兒》、《魔神仔樂園》、《新神》、《哨譜》、《獸靈之詩》等作品。

林妹、鰲魚與倒爬獅

林妹躺在榻上，看著頭頂天花板呼吸起伏的虎皮紋，已經記不清自己究竟有多少歲了，只知道自己一生中從未離開過這座園邸，她或許非常老，也或許非常年輕，她的頭始終疼痛、渾沌不清，曾經的記憶如浮光掠影，她愣愣地望著虛空，知曉此刻唯一能做的，是等待。

她在等她的朋友。

頭頂發出悲傷的虎嘯，她微笑道：「沒事，這輩子，我過得好極了。」

她閉上眼，一生就在眼前如水流逝……。

舊大厝裡夢虺蛇

八歲的林妹蹲在前門虎邊天井簷口處，從下往上看從天空滴落的雨水。豆大雨滴從龍頭魚身的鰲魚形出水口流出，落在屋瓦下方的陶罐中，很快半滿。遠方雷聲隆隆，和著隱約可聞的女子叫喊，那痛苦、壓抑的痛喊，與雷聲幾乎同時出現，林妹伸手摀住耳朵，不久，又好奇地鬆開雙手。

家裡有孕婦即將生產，大人們在林妹身邊來來去去，誰也沒搭理她。林妹對即將到來的新成員期盼不已，既如此，也就不介意大人對她的忽視。

然而林妹正值天真敏感的年紀，她落寞地看了一眼那些著急前行的人們，又將目光集中在鰲魚出水口。畢竟，這裡的生活大抵如此，她只能自己尋找樂趣，沒遊戲可玩，她便愛上雨天，愛上看雨一滴一滴落入陶罐裡。

雨聲像歌謠，她數著節拍，再拍手求簷上鰲魚，希望能多吐些雨水出來，讓陶罐快快裝滿。

「快呀，快呀！」林妹勸哄鰲魚，盯著出水口，期待看到鰲魚扭動著身體，一下、兩下，魚形尾巴快速拍動，隨後掙脫桎梏，游到灰撲撲的天空，替她蒐集更多雨水……。

鰲魚毫無動靜。

林妹嘆了口氣，手撐著下巴宛如自言自語般道：「你怎麼動也不動？還在睡懶覺嗎？」

忽然間，她聽見身後一陣鬼祟窸窣聲，她轉頭看，沒發現簷上鰲魚發出微光，身體如初醒地伸了伸懶腰。

只見一隻小蛇，全身碧綠，急匆匆地往後堂護龍爬去，女子的痛苦呻吟正從房裡傳來，林妹怕小蛇打擾了女子，忙蹲下身拉拉小蛇的尾巴。

「別去呀，你會嚇到人的。」林妹和小蛇驚恐的小眼睛相對，牠看上去就跟其他大人一樣，也正趕著到某個地方，讓林妹有些不甘、有些寂寞：「我是林妹，你叫什麼名字？」

小蛇甩著尾巴，甩不掉林妹，求助似地望向林妹身後，隨即，一道金光閃過，輕輕頂開林妹的手。

是那隻鰲魚，牠在半空中游泳，林妹轉著黑白分明的眼珠：「你可終於醒了。」鰲魚擋在她和小蛇之間，彷彿正無聲地告訴她：別耽誤人家，這隻蛇還有任務要忙哩！

林妹站起身，一下子就忘記了小蛇。鰲魚在她身邊優游，帶走她所有的注意力。

小蛇對鰲魚頷首道謝，小心翼翼爬進了廂房裡。未久，一陣嬰兒啼哭聲便響起，取代女子的痛喊。

「家主前些天夢見了蛇，虺蛇入夢，確有弄瓦之喜。」幾個女人經過廂房外，說話聲傳來，鰲魚一瞬間躲進林妹的懷裡。

生了個小妹妹。林妹抱緊鰲魚，穿過深深庭院，心中半是歡喜，半是憂心。

汲古書屋對面的方亭有石窗，石窗竹節裡雕著燕子，那小燕子飛來飛去，為林妹帶來外頭的消息：外人謠傳林家女兒生得多，可謂有錢無丁。

這小妹妹……將來會不會也被嫌棄？

她愈走愈快，好似為了甩開那層層的憂慮，所到之處，脊堵上的吉象跳了下來，象鼻舉著石榴要給林妹當點心，剪黏螭龍、麒麟與白龜也從脊堵垛頭上一躍而下，關切地跟隨林妹。蝴蝶漏窗和蝙蝠漏窗不甘示弱，搧著翅膀徐徐飛來……。

這是林妹的童年。不曉得為什麼，自她懂事起就能看見居住的院落中各種泥塑、剪黏、交趾陶、雕塑的動物和人像活靈活現地動起來，在她寂寞時陪伴她、和她玩耍。

其他的大人既看不見，對林妹說的話也大多付之一哂，林妹索性再也不說了。

那時，她還不知道自己的一生將會有怎樣的遭遇，她只是很安靜，抱著鰲魚，和其他的動物同伴看著雨從天空墜落。

池邊相看解恩怨

林妹十八歲時，已經接受自己和其他孩子不一樣的事實。

大人們對她總是淡漠，忙著更為重要之事。林妹有時側耳偷聽，會聽見他們討論著械鬥、要設銃樓，聘武師保守城門等等。大人們的腳步聲起先驚慌而凌亂，隨後逐漸穩定，有了確切的方向。

那日，一隻剛從大門跑來的倒爬獅咬住林妹的衣襬，擺動著頭要她跟自己走。

倒爬獅原在屋外蓮花吊筒上，為的是守護裡屋，辟邪驅惡，也因此，牠總能第一個知道今天是否有貴客拜訪。

牠輕輕咬住林妹衣襬的嘴不斷發出嗚嗚的叫聲，好似有多急切一般。林妹微微一笑，隨倒爬獅快步走過廊道。這是很大的園邸，她不確定自己可不可以走那麼遠，照理來說作為女子，她不能隨意離開大厝，就算要出去，也必須有丫鬟陪伴。

林妹從來沒有過丫鬟，她一直是一個人。既是好也是不好，她只要小心避開來人即可。

前方突然傳來一陣吵雜，林妹見一旁有屏風，趕緊到屏風後方躲著，想起「天官賜福」剪黏裡的老爺爺曾告訴她，這屏風可以用來當作相看女婿的「女婿窗」。林妹記得，自己小時候和鰲魚、倒爬獅一起玩，因太過頑皮打破了主廳裡的瓷器，她也躲在這裡過，那時她剛跑到屏風後，發現早有一名比自己年紀大許多的姊姊正在站在那裡，面若桃李，卻垂著頭安安靜靜。她身旁站著一名婦人，正催促少女趕緊透過屏風看看對面走來的男子合不合心意。

哇！林妹還想，她撞上了一場相看哩，見兩人也不理會自己，她好奇地踮起腳，想透過屏風看看外頭經過的男子是個什麼樣子。這屏風是如此特殊，從外面看不了裡頭，裡頭卻能看見外頭，林妹忍不住望向那年輕美麗的姊姊，姊姊卻什麼都沒說。

後來嘛……反正她當時年紀小，想也不關她的事，便一手一個抱起鱉魚和倒爬獅，一溜煙地跑走。

現在倒爬獅非要她往大厝外去，前往的方向是榕蔭大池，巨大的榕樹垂下樹蔭，不規則的池中有石橋連接，並點綴著方亭、敬字亭、疊形亭。林妹心中突泛起了慌，因她意識到，不僅僅是那面屏風，還有這座池，都是族中適婚女性和異性相看的另一場所。

女子在丫鬟的陪伴下，彷彿只是經過般走上石橋，從容散步，男方則在一方亭內，不說不語，靜靜喝茶，悄然覷看，彼此間便心照不宣。

林妹不曉得倒爬獅為什麼把她帶到這裡，一時間驚得還以為要換自己相看丈夫，幸好倒爬獅只是用前爪指了指石橋，那兒早有一名女子正和丫鬟靜靜走過，方亭裡也有一男子和幾名男方家人正在低聲細語。

「那個女孩子是誰？」林妹彎腰問池中出水口的蟾蜍雕塑。

蟾蜍發出嘓嘓叫聲，林妹聽不懂，還是大厝第一進簷下的八仙泥塑們恰好經過，跟林妹解釋：

「那是家主的妹妹，準備要和泉州晉江的舉人莊正議親。」

林妹想起某段時間裡大人們驚慌失措的步伐，恍然理解這聯姻背後的深意。

他們說爭鬥必須停止，戰亂必須停止，因而將林家女兒許配泉州莊家，再建大觀學社，請莊正主持廣收漳、泉弟子，如此，和平漸漸便來了。

可林妹突然很好奇，這即將離家外嫁的女子叫什麼名字？

此刻有怎樣的心情？她會懷念這裡嗎？或者，她對自己的命運以及必須承擔的責任甘之如飴？

林妹始終沒能得知女子的名字。

她小心翼翼藏身於角落，帶著些許恐懼思索……結婚、離家，為了完成屬於自己的使命，有一天她也會離開這裡，再看不見替她收集雨水的鰲魚、活潑好奇的倒爬獅、漏窗裡的蝙蝠與蝴蝶、泥塑螭龍……甚至是大池裡總是髒兮兮的蟾蜍雕塑。

彷彿被她憂傷的情緒感染，倒爬獅用頭輕輕拱著林妹的手。

「你捨不得我嗎？其實，我也捨不得大家……。」

她破涕為笑，心中悄悄許下心願。

倒爬獅搖了搖尾巴，昂首闊步和林妹一起隱入榕蔭大池邊的假山門。

華閣高樓望星圖

二十八歲的林妹和鰲魚、倒爬獅悄悄來到觀稼樓。

趁著其他長輩都到定靜堂招待客人，她和兩個老朋友約好，要在這裡等待天黑好看星星。如果被發現，大概免不了招來一頓罵，說她一把年紀都沒成婚，偏生又孩子心性，怎會如此不懂事。

林妹不想懂事，如果可以，她更願意做永遠的孩子。

從觀稼樓樓頂往下望，景色可真好。

名為觀稼樓，有一說是可眺望附近農田，觀察莊稼成果，若不好，家主便酌情減少稅收，帶有體恤之意。不過觀稼樓在園邸內只能算是小樓，真正最高且最華美的樓，自是來青閣。

林妹趴在欄上，從這兒也能望見不遠處的來青閣，她想起曾有這樣的故事流傳——一名女子經過文昌街，見來青閣之美，詢問周遭鄰里，得知是林家千金的繡樓，頓生想像，心中產生嫁入此處的心願。

這或許是浪漫純粹的心願，只不過長輩裡有人聽聞，甚是無奈，因那是貴賓前來時可供下榻之所，並不是林家小姐的繡樓啊。

但少女的心意是那樣青春，如夢似幻，這般遠遠地看望來青閣，林妹驀地好似也能懂了。

可惜她的心願已許下，早在十八歲時。直至今日，心願更已成真。她總也不是那個望著來青閣，心生憧憬的少女。

鰲魚和倒爬獅鑽進林妹懷中，和她一同仰望夜空。兩隻小神獸互相擠著對方，逗得林妹笑聲不止。

「好了，好了。」她溫柔地責備：「要吵架我就不抱你們了。」

聞言，鰲魚和倒爬獅立即安靜下來，林妹也伸出食指，點著天空裡的星，點連成線，漸漸畫出形狀。

「你看，這幾顆星星連起來好像魚的樣子，然後這邊這幾顆，像貓咪……不，獅子。」

倒爬獅哼哼兩聲，埋怨中又帶著滿意。

聽聞每個人在星空中都有代表自身的主星，林妹看來看去，大抵是看不懂，亦看不見她的未來，但她幾乎明白，她將沒有婚姻、沒有後代……是否會有人覺得她像活在園裡飼養孔雀那小小的籠子呢？一生都困在這兒，不曾離開，以至於星圖寂寥。

不，不會的。她一點也不寂寞，或許小的時候曾經有過寂寞的時候，但現在，她的星圖裡有鰲魚、有倒爬獅，還有其他無數生活在園邸中的小小靈物。

這是她的家。

月波水榭杳無影

林妹再次張開眼時，彷彿已經過了很久很久。

終於醒來，聽見外頭熱鬧滾滾，陽光普照，那些在定靜堂參加宴席的貴客們彼此交談，林妹還聽見有人提及月波水榭：「來來來，現在我們來到這邊，名字很美吧？有小橋相接，看上去如同一艘水中小船，是過去適合賞月的場所……。」那人看上去不像林妹認識的族中人，對她從小長大的地方倒是頗為了解，林妹心中頓生好奇，不由自主抱起鰲魚和倒爬獅，一路跟隨他們的步伐。便從月波水榭到定靜堂，再從定靜堂往來青閣、方鑑齋繞一圈，最終回到大厝，他們稱「三落大厝」。她聽著古怪，又覺得好似有某種力量吸引著自己，好像厝內廳堂有人在等待她，且已經等了好久好久。

那群人當中又有人彷彿自言自語般道：「舊大厝啊，後來是死者停棺之處，聽聞有鬧鬼的傳聞。」林妹一聽就不樂意了，這裡可是她出生長大的地方，怎能由得他人亂說？她伸出手，想抓住眼前出言不遜的男子，她卻整個人穿過人群，跌落在地。

怎麼會這樣？

林妹伸出手，看見雙手滿是皺紋，此刻的她既不是八歲、十八歲，也不是二十八歲，她已經好老好老了，怎會如此？時間如白駒過隙，她竟毫無所覺。

一陣呼喚在這時從廳堂裡傳來，如夏風般微弱。來自廳內虎皮紋屋頂的虎嘯聲急切地嘶吼，於是林妹曾見過的吉象、竹鶴、石蟾蜍、「天官賜福」裡慈眉善目的老爺爺與八仙泥塑都一個接一個

地從四面八方趕來，漏窗上的蝴蝶和蝙蝠、大厝外的剪黏動物、螃蟹、石獅子也全都匆匆趕到，他們聚集在廳堂裡，擠不下的，就在廳堂外探著頭。

林妹和鰲魚、倒爬獅走進去，看見了好老好老的女人……那是林妹自己。

林妹看看皺巴巴的雙手，和病榻上的老太太一樣乾枯瘦削，林妹突然想：我叫什麼名字？她又叫什麼名字呢？

然後，她終於明白。

眼前的老太太既是自己，也不是自己。

她們都只是這偌大園邸中屬於林家女子的回聲而已，並不是真正的人。這是為什麼林妹在園邸裡跑來跑去，從來沒有人理會她。而林妹一直以來都在重複無數林家女子的命運，從八歲、十八歲、二十八歲……一直到死亡的六十八歲。這是她的工作，她要回收每一段林家女子留在園邸裡的記憶殘存，從年輕到死亡，然後再重複一遍。

她必須以此，紀念那些曾在此處生活的無數女性。

林妹緩緩走上前，伸手握住老太太的手，那一瞬間，林妹再次回到八歲的年紀，她沒有煩憂，興高采烈地與倒爬獅、鰲魚等靈物跑出門外。天空下起了雨，林妹在雨中手舞足蹈，直至身影逐漸淡去。

來青閣，為招待賓客及賓客下榻之所，為林園最華美的建築。登此樓，大屯山、觀音山等青山盡收眼底，故名「來青」。

方鑑齋，為讀書之所，平時亦是騷人墨客吟詠唱和之處。書齋前的方形水池，猶如一面鏡子，故名「方鑑」，透過迴廊與假山小徑可通往池中戲臺。

汲古書屋，爲藏書及讀書之所，仿明朝毛子晉之「汲古閣」而命名。

定靜堂，爲招待賓客舉行宴會之所，是園中面積最大的四合院，內部爲開敞式廊廳，其名取自《大學篇》之「定而後能靜」。

一九三〇年代，來青閣及橫虹臥月。（國立臺灣大學圖書館數位典藏館提供）

·「福迭」翩翩·

林園的圍牆上有各種精緻的漏窗造型，每種造型象徵著傳統文化中的寓意，以類型區分而言，可分為器物類、動物類、植物類，以及壽、卍、冰裂紋等圖案。而最具代表的漏窗，便是「蝴蝶漏窗」，分別是垂下與展開翅膀的蝴蝶，蝴蝶取「福迭」的諧音，帶有福氣不斷到來的美好寓意。

·靈動之獸庇佑居民·

三落大厝作為林家祖宅，其建築精細之美處處蘊含著傳統文化的美寓及先民的智慧。在傳統建築的裝飾中，經常可見各種動物或神獸，例如倒爬獅、鰲魚、龍首、獅子等，此插圖即是三落大厝外的倒爬獅，又稱倒吊獅，通常伴隨著吊筒，一組兩件，獅子神態威猛，頭下尾上，就好像從天而降，帶有驅邪的意涵。

·聖旨碑仍遺存·

一八七六年福建巡撫丁日昌視臺時，與林維源一同籌畫臺灣防務，一八七九年，林維源捐獻多達六十萬兩銀予海防軍費，因此榮任內閣中書，並被朝廷追贈三代為一品封典，賜建「樂善好施」牌坊於新莊。後因道路拓寬，牌坊遭拆除，原位於牌坊上最上端的石構件，改立於三落大厝之前，是目前新北市轄內唯一的「聖旨碑」。

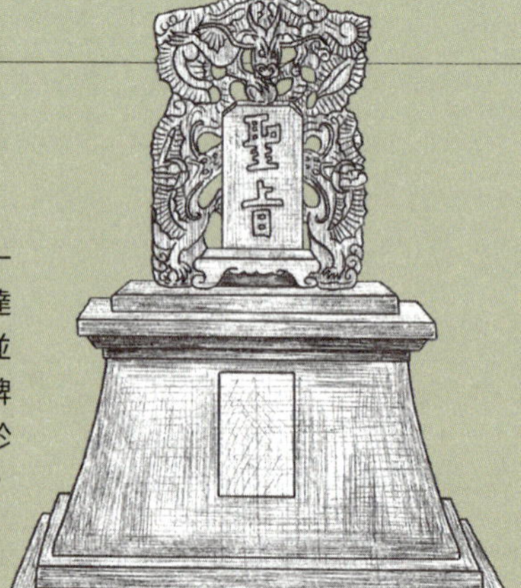

·假山靈，水池活·

林本源園邸在設計上極具巧思與精工，共有五處水池、十五處假山。假山與水池是許多園林中常見的布置，這是源於自然風景「山靈」、「水活」的意象，在假山與水池周圍常種樹、建陸橋與迴廊，使人穿行於曲折迂迴的小徑中，隨山勢起伏，能看見變化的景觀，形成空間與人之間的互動感。

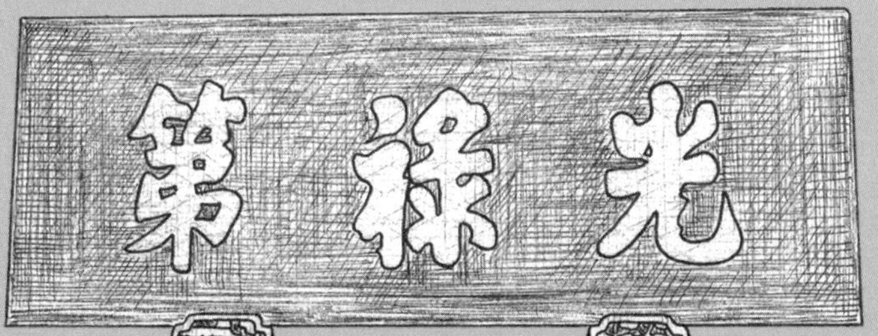

·光祿大夫之宅第·

林維源時期，因族人眾多而在園林旁興建新大厝，後期再增建兩進，成為五落大厝，當時園林加宅邸的總面積幾乎佔掉板橋城的一半，規模相當大。劉銘傳理臺時期，林維源曾任撫墾幫辦大臣，深受朝廷肯定，朝廷追贈其父親林國華為「光祿大夫」並頒發「光祿第」匾額，五落大厝在一九八〇年被拆除，如今這件匾額懸於三落大厝門額之上。

蘆洲李宅

蘆洲李宅位於新北市蘆洲區，蘆洲爲淡水河中下游之沙洲，適合農耕，自清朝以來陸續有漢人來此拓墾，其中也包括李家祖先。清朝乾隆四十二年（一七七七年），李家開臺祖李正一及其兄弟自福建同安渡海來臺，最初在蘆洲一帶落腳拓墾，蓋土角厝定居；直至李家第三代李樹華，曾任儒學正堂，人稱「李教師」及「士實公」，卸任返家後，向族人發起擴建宅邸，將李宅定在具有「七星落地」之說的風水寶地，親自督造，蘆洲李宅於清朝光緒二十九年（一九〇三年）落成。

李家先祖來自福建，故李宅爲傳統的閩南式建築，在建築格局上爲大型的三合院，共九廳六十房、一百二十門，是民宅中規模較大且至今保存完整的古蹟，也是一九八二年文資法通過後首批列爲古蹟的民宅之一，如今亦作爲李友邦將軍紀念館，對外開放民眾參觀。

李家歷來文風鼎盛，且有後代李友邦將軍，曾在戰後以臺灣義勇軍中將司令頭銜率領隊員光榮回臺，一生的願望是光復臺灣，一九五二年卻被冠以涉及朱諶之匪諜案的罪名，不幸遭政府處死；李將軍的妻子嚴秀峰女士餘生不僅致力於爲亡夫平反，並繼承其心願，在李宅推廣「抓周」與「收涎」等傳統文化儀式，傳承蘆洲李宅之文風。

蘆洲李宅全景，可見三進及多護室之格局。（財團法人蘆洲李宅古蹟維護文教基金會提供）

蘆洲李宅

●地址：新北市蘆洲區中正路 243 巷 19 號

●開放時間：09:00~17:00，周一公休

蕭詒徽

臺南人，生於一九九一年。畢業於政治大學中國文學系，曾獲第十二屆林榮三文學獎新詩首獎等文學獎項，經營個人網誌「輕易的蝴蝶」。著有《一千七百種靠近：免付費文學罐頭輯 I》、《晦澀的蘋果 VOL.1》、《蘇菲旋轉》、《鼻音少女賈桂琳》、《葛莉絲的安安》等作品。

抓周

寶最近十一點睡，四點就醒。醒來之後我得看他是餓了還是拉了。通常他小臉皺著，眉頭擰成一團，小拳頭揮來揮去，像是在向全世界抗議。這時我也沒什麼選擇，拚命睜開眼，彷彿睜的是別人的眼睛。摸索著去拿奶瓶，或尿布。

一歲了。還是會亂抓東西。醫師說，那叫抓握反射，當物體輕觸到嬰兒的手掌，他們會自然地握住它。隨著成長，抓握反射會逐漸減弱，取而代之的是有意識的抓取動作。一歲的孩子抓握能力已經發展到能自主控制手部動作，開始學習如何抓取和操作物體。

我問醫師，那讓他試著拿電話是可以的嗎？醫師「蛤」了一聲，問我什麼意思。我說沒事，只是問一下。

不曉得電話對寶來說會不會太重。醫師還是困惑，「哪種電話？」

我最近經常問怪問題，或許是每天四點就醒來的緣故。

媽最近一直打電話來。

「我們都試著在約了，我和妳嫂子。我不太會用網路，妳嫂子有幫妳約。」媽在電話裡說：「都一歲了，滿周歲的時候要做，妳要再跟我說妳什麼時候有空喔！妳嫂子在問了。」

「媽，妳等一下，寶好像想聽妳說話欸！」我把話筒塞到寶的小手上，用我的手握住他的手，小心不讓聽筒真的貼住他的耳朵。「兒童的耳朵比大人更敏感，聲音過大或過於靠近耳朵可能會造成損傷。」醫師說。

來，叫「嬤」。叫「MAAAAA」。我慫恿寶，又彷彿在慫恿媽，希望她一開心就掛上電話。

怎麼可能。

差不多就是寶開始會叫「媽」，「咪」或者「嗚」之類的音，媽開始提抓周的事。我有點介意她提這事的時候總是用「幫」：我幫妳，妳嫂嫂幫妳，妳嫂嫂幫我幫妳。也是真不知道原來現在有地方幫忙做一整套的抓周，什麼都備好了：「蘆洲李宅的抓周活動以傳統的古禮形式進行，適合寶寶滿一周歲時參加，活動流程大約持續兩個小時。主要內容包括全家福拍照、抓周儀式、踩紅龜粿、摸虎爺、敲智慧鑼等。活動當天，寶寶會穿上主辦單位準備的虎衣、虎帽和虎鞋，並進行抓周。桌上擺放多種象徵未來職業和特質的道具，如算盤、印章、蔥、書本、寶劍等，寶寶可依序選擇三樣物品，並且每次抓取時主持人都會唸出對應的吉祥話。」

我滑掉網頁。凌晨一點。寶睡了，然後我有兩小時的自由。接著忽然就結束。「到了一歲，孩子的抓握能力已經發展到能自主控制手部動作，開始學習如何用手抓取和操作物體。」

可寶哪知道算盤、印章、寶劍什麼的。要是抓到他根本不要的東西怎麼辦？

媽愈來愈常打來，每接一次，電話就在我手上變得愈來愈重。

要是親在就好了。

親走的時候，預產期剩四周。接到電話時我正在睡。車子是在北上國道上被撞的，但車身的碎片幾乎都在南下的國道上。警方說，撞擊力道太大了。

發生的時間恰好是四點。我忍不住會想，也許寶在我腹中的時候，不小心記住了這個時間。是嫂嫂開車載我去看現場的。我說我一定要去看。回到車上的時候，我沒有哭，是嫂嫂到後座抱住我，「我依然是你的嫂嫂。媽也依然是妳的媽。」眼淚掉下來，可我不能哭，我不能哭，我的心不斷地告訴我自己，接下來我是一個人了。

寶出生的一個月後，我上了駕訓班，然後一次考過汽車駕照。在那之前，我刻意叫我爸我媽把我接回老家坐月子，客氣婉拒嫂嫂和媽的照顧。給她們的說詞是我想家，而我心底知道真正的原因，是我想盡量避免她們麻煩。

畢竟親已經不在了。

領到駕照的那一天，我自己裝好安全座椅，放好寶，開走爸的舊車，回到我們的家。我和親的家。

接下來的日子是自動模式：換尿布、夜裡餵奶，還有不間斷的哭聲。最初的幾天，寶常常醒來餓得哇哇大哭，而我需要同時安撫他、調整姿勢，還要忍住剛做完剖腹的疼痛。那些瞬間，好像全世界只有我們兩個。

媽也從那時開始，頻繁打電話。問我有沒有什麼需要幫忙。

每一次，我都嘗試用最誠懇無害的方式告訴她，不用，我可以。

累到不行，卻竟然失眠的時候，我忍住不想親。避免想到親的方法，是滑手機，什麼都滑的那種滑手機。查了李宅抓周的細節之後，我繼續在寶熟睡的深夜讀著網站，為了找到任何一絲拒絕媽真的實踐抓周行程的理由。

「北臺灣開發初期，船隻由大陸跨過險惡的臺灣海峽黑水溝，一旦進入淡水河看見觀音山，就知道抵達新家園了。於是一百四十多年前，李家二世祖清水公選擇市街外的田野間地區創建蘆洲李宅，就因為這塊地方可以坐看觀音山，也因為這塊地方是有七座水潭的『七星下地』的吉地；之後李家開臺的公正公及清水公的祖墳就都安居在觀音山上，觀音山可說是李家人的聖山。」

我曾對親說，我們一起搬到新竹吧，我跟你一起去。親搖頭，討救兵似地摸著我才剛開始凸起的腹部。「臺北妳住習慣了，而且孩子以後在臺北長大比較有競爭力。我開車通勤沒什麼。」我想否定親詭異的城市刻板印象，但我那時累了。或者應該說，那時我才剛知道原來孕期的累和尋常的累是不一樣的累。

親加班是為了我，通勤也是為了我。我知道這是錯誤的想法，他同時，甚至可能只是為了他自己。但我總是想。

「除了涼爽明亮的中庭上上下下，充滿節奏感的迴廊，怎麼走怎麼通。孩子們即使下雨都能在屋子裡玩捉迷藏，大人們一出房門就自然要與他人照面。李家七房子孫能如此和諧住在一起，除了大家服從族長的決定，四通八達的迴廊也使親族無法避不見面，自然形成良好溝通。而前後三進三落往後升高，倫常、生老病死在裡面有次序、有依歸地進行著。」

生老病死。有次序，有依歸地進行著。接下來我是一個人了。網站上說，李宅的變故發生在第五代。但那也是李家在臺灣最輝煌的一代：生於臺北的李友邦，出生時島嶼已在日本治下；十六歲時念臺北師範學院，加入了由蔣渭水主導的臺灣文化協會。十九歲時，他組織同學夜襲日警派出所，遭日警追捕，輾轉赴廣州，進入黃埔軍校。他在戰時認識了他後來的妻子嚴秀峰。

夢中，我潛入一片水底。十八歲的嚴秀峰潛入的那片水底。將自殺藥丸及密函藏在懷中，穿越富春江，將機密文件成功送到陌生軍官手中……。

一個人。她的事蹟傳遍戰場，傳到了那人的耳中……親，我很好，我一個人也可以好好的。寶現在會叫媽了，可能也會叫嬤，我不確定這個音對他而言是同一個字還是兩個字……你聽得見嗎？

寶又哭了。我睜開眼睛。今天是餓。

原以為只有媽和哥一家，沒想到媽又拉了親的叔叔嬸嬸，親的舅，親某個我不確定是表弟還是堂弟的弟弟。

李宅比想像中明亮，即便進了門，依然陽光普照。前後三進三落、左右六道護龍的四合院，交織出九廳六十房三落、一百二十門。

人還沒到齊，但太熱了。媽叫我帶寶去其中一個房間等。「其他人我幫妳顧，妳顧好小孩就好了！」又是幫這個字。本能的倔強又在心底蠢蠢欲動，但我隨即想到是我自己說好的。

「好，我九月有空，我們帶寶去抓周。」我在電話裡說。

我忍不住想到，我剛剛站的臺階，曾經是蔣渭水和賴和站過的臺階。而我現在站的這個房間裡，放著李友邦生前的著作與信念，一生苦於殖民統治的他，戰後成立「臺灣義勇隊」與「臺灣少年團」，揭起鍾愛故鄉的職志。回到臺灣後，他擔任臺灣地區三民主義青年團主任委員，被當時的臺灣人當成英雄般熱愛，卻沒想到因此招致妒忌。

二二八事件發生後的三月十日，李友邦接到電話，要他去和長官開會，他沒吃飯就趕去，沒想到一去不回。嚴秀峰四處奔走，最後直接找到行政長官陳儀，問他丈夫現在在哪裡。

「我以家屬的立場，有權利知道我先生的死或活，如果你今天不給我一個交待，我就不離開這裡。」

李友邦被送到南京。嚴秀峰得之後也追著去了。那時，她還懷著身孕。

從國道離開的那個晚上，下體流出血絲。我不敢告訴嫂或媽，或任何可能會衝過來照顧我的人，偷偷打電話問醫師。「妳先躺下，避免走動。明天看看情況。」到這時，我才第一次哭出聲音，躺在床上，在心裡對著親喊：你在哪裡？你在哪裡？寶就要來了。你不是一直很想知道寶會像我還是像你？

「在嚴秀峰的陳情之下，李友邦獲釋。但一九五一年，國民黨以判亂罪再度將李友邦逮捕，經五個月審問、刑求，最後表示判亂罪由他個人承擔，沒有共犯、沒有組織。『你們槍斃我好了，但不可傷害我的妻兒！』」

「嚴秀峰也因知匪不報罪，被關十五年。這時李友邦五個子女，最小的孩子還在襁褓之中，幸賴李友邦的弟媳婦張麟涼接濟及照顧，孩子們在大難中全回到了蘆洲老宅平安成長。」

「民國五十四年，身無分文的嚴秀峰出獄回到祖宅。這時孩子們三個已經進了大學，兩個小的在念高中、國中，沒有人敢雇請的嚴秀峰只能在祖宅中養些雞鴨、兔子及包粽子出售為生。當孩子們在學校裡遭到同學嘻笑他們是『匪諜的小孩』，這時嚴秀峰就會正色的告訴孩子們：『你們把頭抬起來，我們沒有對不起國家民族，相反地，我們已經盡了我們的義務。』」

懷中，寶忽然哭不停。不是餓了，也沒有拉，我一個人搖搖晃晃地，從老宅的這面牆搖到那面牆。寶還是哭。

媽不知從哪裡拿來一支波浪鼓。「來來來，噠噠噠。」她也搖著搖著搖向我。

「哪來的鼓啊？」

「老家找到的，以前你老公小時候的啦！想說今天要抓周，就叫小弟幫忙找一些還能用的東西過來。」

波浪鼓也能用在抓周嗎？我忍不住表情管理，嗤了一笑。想不到寶竟然真的被鼓聲吸引，注視著它，嘴裡喃喃發出聲音。

「什麼？你說什麼？」媽側耳傾聽，我也聽著。

是因為媽噠噠噠，噠噠噠地喊嗎？寶竟然無比清晰地，發出了我隨後才理解的聲響：「吧……吧……。」

剎那間，我彷彿看見媽一閃而逝的某種眼神。但她立刻將那眼神抽換成了別的東西，別的更與己無關的東西。「來啦，我幫妳抱！妳抱好久了。」

是老一輩人總愛把自己想做的事稱之為幫嗎？還是只有媽？我卻不知怎地想起親，無法阻止地想起親，想起我愛親正是因為他總是幫我，為我想著一切。我曾經以為那只是他，原來其實不只，他的心靈繼承了某種良好的品質，而此刻，我把孩子交到另一個人手中。那個帶著某種熟悉的東西的人。

我依舊不知道是表弟還是堂弟的人，帶著一車不知什麼東西。明明李宅會把東西都備好的，只有我在來之前好好查過資料嗎？我一邊想，嘴角不自禁上揚，想到門外的那個池子是當初為了方便運送建築李宅所需的木料，特別修築水道直達宅前池中。修築水道時，全村主動前來幫忙，一同開挖。

親，你在哪裡？我忽然明白，抓周的意思不是寶抓到什麼，而是誰來看寶抓住什麼。像當年嚴女士召集李家人，說服蘆洲李宅保留全貌，不讓這間屋子在商業大潮與利益的考量中拆除湮滅。臨終前，她留下遺言：李宅要用於公共事務，且要和孩童相關。

重點不是屋子。重點是誰繼續來到這間屋子。

寶不哭了。我領來虎衣、虎帽和虎鞋。媽以某種熟練的姿勢固定住寶的身體。怎麼弄的？寶竟然一動也不動。「妳以後就知道了。不知道，我再叫妳嫂嫂幫我教妳。」等等，這個句子也太迂迴了吧？我又忍不住笑起來。隨即想到，我好久沒有笑了。

一大群人，往布置好抓周的房間去。寶被算盤、印章、寶劍圍著，似乎開心得很。或許，正是因為他還不懂那些東西是什麼。

每當他伸出手，家人就鼓掌起來。

我也笑著拍手，心想：接下來，我是一個人了。但我不只是一個人。

蘆洲李宅埕前有座蓮花池，這座水池在風水學上屬絕佳位置的寶地。

李宅門樓上，刻有「隴西堂」三字，隴西乃李氏堂號，隴西即今甘肅省境內。

穿越門樓，進入庭中，可見李宅第一進門廳。

正廳前的天井，昔日爲李家日常生活的庭院。

一九五五年，蘆洲李宅外觀一角。（財團法人蘆洲李宅古蹟維護文教基金會提供）

一九四一年五月十日，李友邦將軍與嚴秀峰女士在浙江衢州拍的戰地結婚照。（財團法人蘆洲李宅古蹟維護文教基金會提供）

‧李家文風伊始‧

清光緒年間，李家在臺第三代李樹華，曾任儒學正堂，李宅門口的「外翰」匾額，便是光緒皇帝獎賞其辦理臺灣科考業務妥善賜封所得，意爲「外取門生可入翰」；卸任返家後，族人發起擴建宅邸時，由李樹華親自督建工程，其建造功業在當地富有盛名，被敬稱爲「李教師」及「士實公」。

‧民宅屋脊上有馬背‧

在傳統漢人宅邸中，經常可以從不同的建築形式看出其背後隱含的社會地位，以屋脊而言，常見的造型有燕尾脊與馬背脊兩種，燕尾脊做工華麗精細，是舉人官宅配有的建築形制，而外觀樸實無華的馬背脊，則常見於一般平民百姓的民宅。蘆洲李宅皆以馬背脊爲屋脊造型，展現其家風之淳樸。

‧人字地磚，人興旺‧

李宅內的地面磚，呈現形如「人」字的排列方式，是當時較少見的「人字砌」，又稱「人字躺」，即將大小相近的磚塊以左右傾斜四十五度交錯疊砌形成人字造型，是一種難度較高的石砌工法，象徵著人丁興旺。當時李宅能請到匠師以此工法建造地面，足見其家業興盛的一面。

・七星落地一蓮花・

蘆洲為淡水河中下游之沙洲，適合農耕，自清朝以來陸續有漢人來此拓墾，其中也包括李家祖先。李宅所在的地勢較高，其地形在風水上稱作「蓮花出水」，傳說李宅附近有七個水窪，有「七星落地」之說，故李家人建宅時，便在埕前設計了一座蓮花池，既有風水池的寓意，也有運水灌溉、防火、調節氣溫、供日常用水等實際功能上的運用，一處多用。

・李將軍之宏願・

李友邦，為李家在臺第五代，日治時期到廣州就讀黃埔軍校，二戰後以臺灣義勇軍中將司令頭銜率領隊員光榮回臺，他一生的願望是光復臺灣，一九五二年卻被冠以涉及朱諶之匪諜案的罪名，不幸遭政府處死。這件刻有「復疆」二字的牌匾，是一九四五年李將軍在廈門南普陀寺所題刻，乘載著他一心收復疆國的宏願。

陳悅記祖宅（老師府）

陳悅記祖宅，位於臺北市大龍峒，爲陳遜言於清朝嘉慶十二年（一八〇七年）創建。陳家祖先於十八世紀初從福建泉州同安移居來臺，第二代長子陳遜言事業有成，「陳悅記」是他創辦的商號。陳氏家族內有三位舉人，包括陳維藻、陳維英、陳樹藍，其中陳維英曾任閩縣教諭，以及任教於明志、仰山、學海等書院，培植了許多人才，地方上因而尊稱他老師，宅第也就叫「老師府」。

陳悅記祖宅由「公媽廳」及「公館廳」兩座四合院建築構成，宅第爲前後各四落及左、中、右三道護龍的規模。公媽廳與公館廳分別代表家族空間及社交中心，是全臺少見的雙軸線配置。祖宅前現存兩對旗杆座，其中一對仍完整保存舊有的石旗杆，可謂是認識臺灣清朝時期科舉制度中旗杆形制的完整典範。

陳悅記家族爲清朝淡北重要的士紳家族，對於北臺灣發展有著重要的影響力，陳家多人積極致力文教，使大龍峒名士輩出。宅第至今有兩百多年的歷史，至今保留原有格局，現由陳家祭祀公業主持，由專業團隊進行修復，期待重現陳悅記祖宅的風華。

陳悅記祖宅占地寬廣，是臺北市現存規模最大的閩南式古厝，古樸大門外開闊的前埕廣場，串接了家族往昔的光耀與對未來的期待。

陳悅記祖宅（老師府）

●地址：臺北市大同區延平北路四段 231 號

●暫不開放

廖振富

一九五九年出生於臺中霧峰，臺灣師範大學文學博士，曾任臺灣師範大學臺灣語文學系教授、中興大學臺灣文學與跨國文化研究所所長、臺灣文學館館長等，現任中興大學臺灣文學與跨國文化研究所兼任特聘教授。著有《臺灣古典文學的時代刻痕：從晚清到二二八》、《櫟社研究新論》、《林癡仙集》、《蔡惠如資料彙編與研究》、《林幼春集》、《在臺日人漢詩文集》、《臺中文學史》（與楊翠合著）、《追尋時代：領航者林獻堂》、《以文學發聲：走過時代轉折的臺灣前輩文人》、《老派文青的文學浪漫》、《文協精神臺灣詩》等書。

期待陳悅記老師府的明天

夏日午後的造訪

夏日午後，我們一行人依約來到被雅稱為「老師府」的陳悅記祖宅，矗立在眼前的是兩座醒目的石雕旗杆，這是清朝考取舉人才能擁有的標誌，家族曾出現陳維藻、陳維英、陳樹藍三位舉人，在臺灣的老家族中非常少見。原先以為只安排一位專人導覽，結果陸續來了多位後代子孫，與負責古蹟重建的建築師，反映他們的鄭重其事。

從後代家屬的熱切談話中，我深刻感受到他們對家族傳統的自豪，以及對正要起步的古蹟整修重建懷抱著美好的願景。不同世代的子孫發言盈庭，思維見解或有差異，但同樣都流露出希望找回家族榮光的期待。我們進行意見交流了一輪，隨後即在古宅中穿梭，實際體驗老宅曾有的燦爛風華。

位在大龍峒，這座已有兩百多年歷史的「陳悅記祖宅」，最初是由子孫暱稱為「賺錢祖」的陳遜言，事業有成之後，在嘉慶十二年（一八〇七年）創建，陸續培育出不少優秀子弟。日治時期子孫捐地建臺北孔廟，參與重修保安宮，與大臺北的開發息息相關。戰後陳家子孫開枝散葉，大多已遷出祖宅各自發展，但仍有部分子孫居住在老宅中，布袋戲大師李天祿與陳錫煌父子，則在這裡生活數十年，發展他們傳承民俗技藝的事業，目前陳錫煌仍居住在老宅中，其廂房門楣高掛著「陳錫煌傳統掌中劇團」橫匾。

可想而知，靜止在時光隧道中的這座老宅，裡面隱藏著多少扣人心弦的故事，也見證了臺灣歷史與社會的變遷。

二〇一八年八月，陳悅記祖宅經文化部公告，從市定古蹟升格為國定古蹟，指定原因是：「大龍峒清代文風鼎盛象徵，且建築完整反映清代同安民宅建築式樣。」

陳悅記涵蓋公媽廳、公館廳及兩座四落大厝，公媽廳始建於嘉慶十二年（一八〇七年），是供奉祖先牌位的正廳，代表慎終追遠、不忘本源的儒家文化傳統。道光十二年（一八三二年）增建的公館廳，則是接待客人之用，也是展現家族榮光的最佳空間場域。至於後方的四落大厝，則是各房子孫的居所，咸豐三年（一八五三年）臺北發生「頂下郊拚」械鬥事件，陳悅記祖宅曾遭遇祝融之災波及而重修，光緒五年（一八七九年）又增建餘慶堂。

陳悅記祖宅的匾聯文化

當我們步入陳悅記祖宅，目睹老宅架設著鋼梁與鐵皮屋頂保護，地上堆積著各種物件，一片亟待修復的景象，難免有突兀之感。然而在專人帶領下，在老宅中穿梭，我也很清楚感受到，在百廢待舉的表象之下，這個家族的深厚文化底蘊與人文精神。除了大門口庭院中的兩座石旗杆，是全臺絕無僅有的輝煌標誌之外，大廳、護龍，屋內屋外的牌匾與對聯，更清楚彰顯出家族的文化涵養，也引起我的高度興趣，或許這正是探索陳悅記家族文風傳統的最佳鎖鑰吧。

公媽廳大門兩側對聯「悅心只在讀書會悟，記憶勿忘創業惟艱」，這副對聯將「悅記」鑲嵌在首字，上聯重在「儒」，下聯重在「商」字。「悅記」是陳家經商的業號，相當於現代的公司名稱。而家族非常重視教育，出了眾多舉人、秀才，堪稱是深具「儒商」特質的大家族。

走入公媽廳，正中央是祖先牌位，兩側對聯上聯是「派衍登瀛，由魚孚鳳山而北淡」，說明祖先由福建登瀛遷徙到魚孚，最後渡海到臺灣北部淡水廳定居的經過。下聯是「澤流穎水，羨龍孫驥子於太丘」，將先祖溯源到東漢的陳寔（穎川人，字太丘），期許子孫都能蒙受先人遺澤而成材。

進大門的右側（俗稱「龍邊」），若由祖先牌位座向朝外看，則是左側，古來以左為尊）掛著黑色木匾，上方橫寫「克繩祖武」四個大字，意思是子孫要能繼承祖先的功業。下面分別記載先祖陳子祥、陳文瀾、陳遜言等人的生日與忌日時辰，目的是方便子孫牢記以定時祭拜。木匾兩側的對聯寫著：「祭祀先誠而後禮，子孫後日亦先靈」，上聯是強調敬拜祖先「祭之以禮」，內心必須出乎至誠，下聯則是說家族代代相傳，現在的子孫也會成為後人的祖先。

公媽廳進大門的左側（俗稱虎邊），有陳遜言長子陳維藻具名的一塊大木匾，右側寫著「學寬」兩個大字，左側則是小楷書寫的短文，內容提及：「《大易傳》曰：『寬以居之』，《書》曰：『寬而有濟』，所謂寬者然。……是故眼界要寬，肚皮要寬，地步更要寬，彼規模狹隘，口角尖刻者，只是不寬耳。語云：『富貴家宜學寬』。余記不必富貴家亦宜然。因書以共勗。」文末註明年代是「丙申年端月」，也就是道光十六年（一八三六年）。短文引經據典，強調視野要寬廣，度量要寬宏，待人處事更要寬厚，這可視為自勉兼勉勵子孫的家訓。

陳維藻是陳遜言長子，也是家族中第一位舉人，卻不幸於四十歲病逝。陳遜言四子陳維英後來也考中舉人，受其長兄激勵甚大，更在北臺灣栽培化育無數英才，也是陳悅記祖宅被美稱老師府的由來。

公館廳大門口高掛著匾額「通奉徵士內外史第」，最末字「第」是府第之意，指官員或豪族居所。陳維藻中舉後，道光十五年（一八三五年），赴任乙未科春官，途中意外病逝，死後曾被封為「通奉大夫」，這個職位性質屬於榮譽職。至於「徵士」是指學行高卓，而不出仕的隱士，「內外史」是內史、外史兩種職官的合稱，陳維英中舉後，曾被授以「內閣中書」，後辭官返鄉。由於陳維英的功名，陳遜言也曾被授為通奉大夫。這個匾額，應該是將父子三人的官銜變通合寫而成，以彰顯主人身分。

進入公館廳後方的楹柱，風化蛀損嚴重，有一副字體瀟灑但已斑駁模糊的對聯：「數十年克勤克儉祖宗創業，第一等不仁不義子孫爭田。」，這是陳維英所寫，內容直白而寓意深刻，陳維英在楹柱上刻此對聯，而且方向朝內，應該是有感於古來豪門世家爭產風波指不勝屈，希望後代子孫引以為戒，時時牢記在心，有如祖先在眼前耳提面命一般。

旁邊另一幅刻在石柱上，以秀麗的隸書體寫成的長聯，重新塗上金漆的字跡則非常清晰，上聯「帝天禍福報，不在境之窮通，美名為福，惡名為禍。」下聯「仕宦榮辱關，非論官之大小，溺職則辱，稱職則榮。」由於陳維英曾任官職，這副對聯強調為官處世之道，不論官職大小，遭遇順境還是逆境，都必須認真從事，以留下好名聲，避免惡名。

陳悅記祖宅裡裡外外的匾額楹聯，總數相當可觀，在臺灣的老家族宅第中並不多見，十分難能可貴，有待全面整理修復。

陳悅記家族貢獻教育，陳維英桃李滿天下

古蹟整修重建是浩大工程，牽涉複雜的溝通協調，技術面更涉及各種專業領域，有待專家學者密切合作。再者，古蹟要活化，要讓現代人有感，就必須有吸引人的故事。陳悅記家族的動人故事，也可透過口述訪談，採集整理，即使是鄉野傳說，未必可信，但仍可反映民間社會對這個家族的看法，以下試舉一二。

陳悅記祖宅始建者陳遜言擅長經商，勤儉持家，經營布行、米行等多角經營而致富。他育有七子：維藻、維藜、維菁、維英四人，是正室楊腰娘所生，維藩、維藝、維苞三人是側室劉貴娘所生。

陳遜言樂善好施，對教育事業支持甚力，曾捐鉅資興建學海書院。長子陳維藻是臺北首位舉人，不幸四十歲病逝。

陳遜言四子陳維英（一八一一——一八六九年）比長兄小十六歲，曾受長兄教導。一八二五年考取秀才，一八三五年赴福建參加鄉試失利。據傳，一八四五年他曾受聘前往閩縣擔任教諭，當地人看不起他來自小島，嘲笑：「臺灣蟳，無膏。」陳維英聽聞後，連夜與姪子陳樹藍、門生張書紳題寫楹聯，將閩縣學的楹聯全部更換，當地人從此對他另眼相看，不敢輕視。

一八四七年回臺後，受聘擔任葛瑪蘭仰山書院山長。到一八五九年終於考取舉人，同榜中舉的臺籍菁英共有十二人，其中李望洋、李春波是他在仰山書院的門生，傳為佳話。

一八六〇年以舉人身分擔任內閣中書，雅稱「紫薇郎」，後辭官回鄉，擔任學海書院山長。一八六四年學海書院重修，維英二兄陳維藜將父親遺留的水梘年租一千兩百石捐給書院運用，陳悅記家族貢獻書院甚大。

陳維英對北臺灣教育貢獻之大，可從以下一例得知。陳維英曾受教於新竹鄭用鑑門下，一八六七年鄭用鑑去世，陳維英率門生寫輓聯致哀，當時與陳維英共同具名的門生，共計舉人八人，貢生四人，廩生八人，生員五十六人，幾乎囊括北臺灣所有俊秀，桃李滿天下，當之無愧。

陳維英著作有《偷閒錄》、《太古巢聯集》等書，均是他人編輯整理成書，其中《太古巢聯集》於昭和十二年（一九三七年）出版，是由陳鐓厚、田大熊兩人，走遍北臺灣各大寺廟、祠堂抄錄採集而來，可看出其聲名之著。書前有臺北帝國大學教授神田喜一郎所寫的序言，稱讚他：「東寧詩人中，當首屈一指。」

陳悅記家族的社會活動

前已言之，陳悅記具備儒商的特質，不論在商業、文教、宗教、政治領域都非常活躍，牽涉甚廣，更與北臺灣的開發史息息相關。因此陳悅記祖宅的重修整建，將有助於透過古蹟現地的導覽解說，感受在地故事的魅力。

陳悅記家族以商業起家，一八〇五年陳遜言與王、鄭、高四姓共同發起籌建保安宮，作為當地同安人的信仰中心。後又與各大姓集資在保安宮旁興建「四十四坎」商店街，也就是木造格局相同的四十四間店鋪，可說是臺北最早的計畫街道，見證當時大龍峒商業繁榮的面貌。

其他社會參與方面，陳遜言之三子陳維菁，在同治七年（一八六八年）曾擔任保安宮重修之領導人。日治時期，一九一二年起陳培梁擔任大龍峒區長多年。陳培根則在一九一六年出任保安宮的管理人，保安宮至今仍可見到刻有陳家各房子孫聯名捐獻的石柱。另外，值得一提的是，根據保安宮官網記載陳培根「積極推動孔廟的重建，大正十四年（一九二五年）與黃贊鈞、辜顯榮聯名邀集臺北地區的士紳兩百多人，討論孔廟建造事宜，並成立『臺北聖廟建設籌備會』，綜理募建之事，更率先捐出保安宮以東的土地二千餘坪，同時擔任修建孔廟的常務董事之一。」以今觀之，其捐獻土地價值連城，熱心公益及文化志業可見一斑。當時詩人羅秀惠曾在報上發表一首〈紀謝培根兄獻建聖廟地有感〉詩，稱讚他慷慨捐地的胸襟與貢獻。

在文學上，陳培根他喜歡種植蘭花，是臺北瀛社社員，一九一〇至一九二〇年代常邀集詩人到他在圓山的「素園」雅集吟詩，包括羅秀惠、鄭家珍、楊仲佐、莊贊勳、謝汝銓、吳子瑜等人都曾是座上賓，也各有詩作流傳至今。

國寶住在國寶裡

戰後至今，定居在陳悅記祖宅的後代名人，當推布袋戲大師李天祿與陳錫煌父子。李天祿八歲開始學布袋戲，一九三〇年受到「樂花園」布袋戲班班主陳阿來的賞識入贅陳家，與陳阿來之女陳茶結婚，李天祿也在居住陳悅記祖宅期間，成立「亦宛然」劇團，換句話說，李天祿的演藝成就是在陳悅記祖宅中，展開全新的里程碑。

陳錫煌從母姓，從小跟隨父親學藝，他是獲得國家雙授證的國家級藝師，二〇〇九年指定為重要傳統表演藝術布袋戲保存者、二〇一一年指定為古典布袋戲偶衣飾盔帽道具製作技術保存者，也就是俗稱的「人間國寶」，目前還在陳悅記祖宅中傳授技藝。

由於陳悅記二〇一八年通過經審定為國定古蹟，當時的文化部長鄭麗君特別到訪，包括陳錫煌在內的陳家後代子孫多人出面接待，鄭麗君稱讚說他是「國寶住在國寶裡」，多家新聞媒體引述這句話，看似趣味性的說法，其實蘊藏著深刻的文化意涵。

文化就是生活，清朝，陳悅記家族從營商起家，高度重視教育，家族中出現多位舉人與秀才，對北臺灣的文化與教育貢獻甚大。日治時期，子孫在政治、商業、宗教與文化領域都非常活躍，陳培梁擔任大龍峒區長，陳培根擔任保安宮管理人，捐地蓋孔廟，常邀集詩人雅集吟詩，再度延續發揚家族的儒商傳統。到了戰後，李天祿、陳錫煌對布袋戲傳承的卓越貢獻，受到廣泛的重視與肯定，而他們父子與陳悅記祖宅的深刻連結，證明這座國定古蹟從士紳階層精緻的儒雅文化，到廣受大眾歡迎的庶民文化，都有很多精彩的故事，值得一代一代流傳下去。

目前，陳悅記祖宅的整修重建正在起步，仍有諸多困難有待克服，但在匯集子孫共同關懷的力量及國家資源挹注之下，未來的前景，應可樂觀期待。

陳悅記家族，共出了三位舉人及十九位秀才，可謂人才輩出，其中又以陳維英最著名，被舉爲「孝廉方正」，並授內閣中書，立下「外翰」匾額。

陳維英是文學家也是淡北地區重要的教育家，其正廳內有表彰其捐助「學海書院」事蹟的「樹德之門」匾額。

陳悅記祖宅內的泥塑多半運用在入口處，常以扇面或書卷狀、荷葉狀等造型設計，供主人辦公的公館廳中庭與第三進的居家處均有「悅記」門額，兩側泥塑分別是「傳家」與「詩禮」，採扇形設計。

約一九五〇年代，昔時前埕的閩南磚鋪面。（祭祀公業法人臺北市陳悅記提供）

約一九五〇年代，昔時前埕南側門屋，廣場也是辦理各種活動聚會的地方。（祭祀公業法人臺北市陳悅記提供）

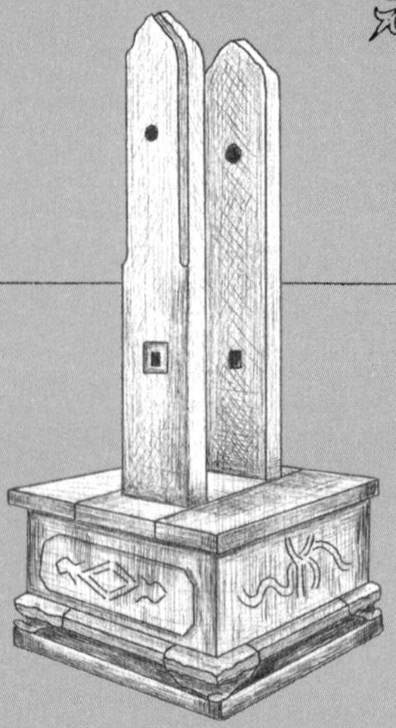

·雕工精細的石旗杆座·

石旗杆座，爲固定旗桿的石造基座。由於陳悅記祖宅的旗杆爲石杆，故旗杆座也採用厚實的石材建構，在材質上統一，使整體呈現一致性。祖宅旗杆座的基部採用櫃檯腳的造型，石面上刻有螭虎與斑芝花的雕飾，螭虎帶有祥瑞、鎮惡的寓意，斑芝花即木棉花，象徵著正義與高尚的精神，做工精細而講究。

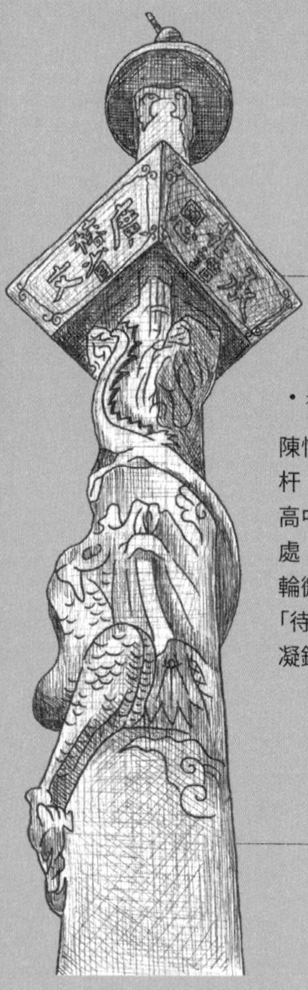

·舉人石旗杆顯功名·

陳悅記祖宅前埕現存一件保存完整的舉人石旗杆，是清朝咸豐九年（一八五九年）陳維英高中舉人的榮耀證明。石旗竿柱身的左右旗斗處，均刻有：「槐市明經」、「芹宮食餼」、「蒲輪徵士」、「蕊榜書賢」、「榕省廣文」、「蘭陽主講」、「待垣侍直」、「花誥承恩」，這八組精要的文字凝鍊了陳維英一生的功名。

·梁下太極八卦圖避邪制煞·

在陳宅公媽廳第二進的中樑下方，繪有一幅太極八卦圖，取自易經「太極生兩儀，兩儀生四象，四象生八卦」之意，用以避邪制煞、鎮宅平安。這種儀式常見於傳統民宅或廟宇中，繪圖前必須擇日齋戒，畫出來的八卦才能發揮作用，而陳宅當初在建造宅邸時，也遵守此例，祈求靈驗。

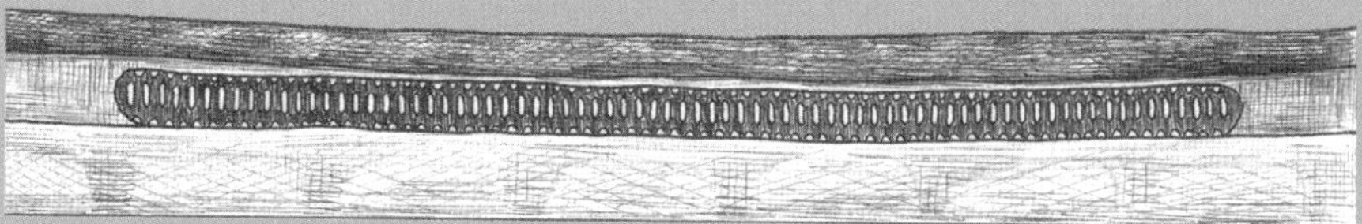

·柳條磚飾屋脊·

柳條磚，為一種鏤空花磚，因外觀形似條狀柳葉而得名，常見於傳統民宅與廟宇的屋脊或氣窗。而在陳悅記祖宅公媽廳的第二、三進以及公館廳的第二、三、四進，皆以柳條磚裝飾屋脊，在外觀上，既能展現視覺上的美感，功能上，亦能達到減輕屋脊的重量，以及通風與採光的效果。

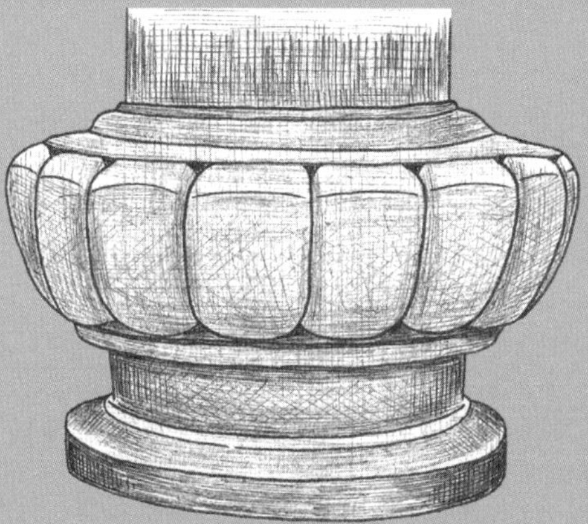

·石造瓜瓣形柱珠·

陳宅用以接待外賓的公館廳內，從臺基、臺階、門窗到柱珠等建築細節，多採用花崗岩、玄武岩及砂岩等石材雕成，以彰顯宅第門面，而在柱珠的設計上，亦有精巧且豐富的造型，如方形、圓形、蓮瓣狀等，此插畫即為瓜瓣形的柱珠。

臺灣總督府博物館

大正二年（一九一三年），爲紀念第四任臺灣總督兒玉源太郎與民政長官後藤新平，臺灣民政長官祝辰巳向民間募款，籌建紀念館，選址於臺北大天后宮舊址，由日本建築師野村一郎和技師荒木榮一設計，紀念館於一九一五年完工並移至新址，後委員會將此建築捐贈給總督府作爲臺灣總督府博物館使用。首位館長是來自日本的植物學家川上瀧彌，館藏包括植物、礦物、動物、歷史文獻、工藝品等，主要分爲自然史、工藝產業與歷史文物三類；川上館長長年在臺從事植物學研究，並積極推動臺灣博物學的研究，爲臺灣植物學研究立下了厚實基礎，也造就二十世紀初臺灣博物學調查最活躍的時期。

臺灣總督府博物館的建築風格爲新古典主義，融合古希臘羅馬建築和義大利帕拉第奧式建築的風格，體現於山牆、柱式、圓穹頂、彩繪玻璃等設計中，比如柱式採用了古希臘的柱式與柱列排列，室內的羅馬式穹頂則嵌有西方教堂常見的彩色玻璃。

臺灣總督府博物館是臺灣現存歷史最悠久的博物館，以自然史蒐藏爲主要特色，如今，館內擁有高橋雲亭與林玉山摹繪的藍地黃虎旗、康熙臺灣輿圖、國姓爺鄭成功御眞及北投石等典藏，館藏甚豐且具特色。

博物館正面入口，在希臘三角楣之下樹立六支多立克（Doric）巨柱。

臺灣總督府博物館

●地址：臺北市中正區襄陽路 2 號

●開放時間：09:30~17:00，周一公休

楊富閔

臺南人，生於一九八七年。臺灣大學臺灣文學系碩士、博士。著有《花甲男孩》、《故事書》套書、《解嚴後臺灣囝仔心靈小史》、《賀新郎：楊富閔自選集》、《合境平安》等書，作品曾於二〇一七年跨界改編為電視劇《花甲男孩轉大人》，並獲第五十三屆金鐘獎年度最佳戲劇。

一個時間的地點：博物館的文學斷片

這座公園擁有許多名字：它曾叫臺北公園，有人叫它臺北新公園、新公園、二二八和平紀念公園，或者以上重新排列組合，最長可以魔術一般變出臺北二二八和平紀念新公園。名字吞吐著名字。要被每一個人牢牢記住。

出入公園的方式有許多種，這裡的出入口特多。雖是一座公園，感覺它的空間時間無盡延伸，而且開放。公園歷史悠久，符號性格相當強烈，擁有許多「此曾在」的故事——可以從建物、古物、牌樓、涼亭、碑文……開始說起。這裡如同一座記憶的集合場，而時間的針腳踢著正步，正在答數。

經過這座公園，想起宇文所安的著作《追憶：中國古典文學中的往事再現》。宇文所安對文學作為一種「連續性」的思考作出反省，指出不完整、破碎的斷片，更能指引你超越時間與空間的藩籬，而溢出線性思考的邏輯。宇文所安認為：「在我們與過去相逢時，通常有某些斷片存在於其間，它們是過去與現在之間的媒介，是布滿裂痕的透鏡，既揭示所要觀察的東西，也掩蓋它們。這些斷片以多種形式出現：片斷的文章，零星的記憶，某些殘存於世的人工製品的碎片。既然在我們與過去之間總有斷片存在，思考一下它屬於哪一類的範疇，以及它怎樣發揮作用，是值得的。」

我的手邊就有一本一九四九年二月十日創刊的雜誌《臺旅月刊》，它的發刊宗旨之一：「將臺省史地人文作詳盡的介紹，同時對於生產建設作有系統的報導；俾利遊客，而促進旅行事業的開展。」用現在的話來說，這是一本旅遊指南。創刊號的前幾頁，即有多幅精彩的照片，標題正以「臺北攬勝」為名，並且羅列了介壽堂、博物館、臺北橋、植物園、孔子廟、草山、仙公廟、碧潭等地。這些景點的排序，彰顯了一九四九年，編者引導讀者去想像臺北的一種視角，至今不少地方仍是熱門的打卡熱點。

《臺旅月刊》對「博物館」的介紹是這樣的：「博物館——位於新公園內，希臘式二層樓大廈，宏莊可觀，內容陳列品達一萬三千四百餘件；每天免費開放，是一個大眾文化的殿堂。」老雜誌是個斷片。雜誌內的老照片是斷片。老照片內的博物館也是一個斷片。這些刺點一般的存在，提供了我們在二十一世紀的今天，找到一種從「文學」進入這座公園的路徑，同時看到了不同角度之下的博物館。

於是從《臺旅月刊》出發，我們步行來到一九四九年的博物館。一九四九年來臺的王鼎鈞，初始即在公園內的廣播電臺工作。作為臺灣重要的散文大家，在臺期間致力於語文教育的推介。王鼎鈞晚年推出的自傳《文學江湖》，曾經勾勒出一幅較少為人觸及的「廣播文學」的圖像。他指出廣播稿的撰寫，與口語文學的生成有密切關係，而聲音與日常的交織，對於就在公園一隅的建物內工作的王鼎鈞，他的感觸是比別人還要深刻的：「中廣公司節目部設在新公園的一角，隔著公園和省立博物館相望，博物館後面新公園裡有一個方形花架，花架下有一座『宮燈式』的建築物，底座很高，頂端像博士帽，下面用木材雕成窗櫺，窗櫺裡面裝著播音喇叭，地下有電線和節目部發音室連接，坐在下面可以聽到廣播節目。」這一段描寫，可以讀到文學、歷史，也可以讀到公園的截圖，而這樣無意觸及的博物館的描述，從周圍的日常出發，並以聲音作為線索，我們彷彿真的看到宮燈造型的放送頭周圍，坐滿了人，一個個都豎起了耳朵。

「夜晚無事，我常坐花架下的長椅上聽自己寫的講話節目，琢磨語文方面應該改進的地方。夏天總是滿座，他們大概都是家中沒有收音機的人吧……我觀察他們的舉動，尋找文稿的得失，終於發現『趣味』重要，如果有人聽到一半，起身離去，多半因為語言無味。有一次，一位老者拄著拐杖，經過花架底下，喇叭正在播送我寫的節目，他恰巧聽見一句有趣的話，居然站在那裡聽完下面『無趣』的部分。……我也從文稿變成聲音之後，尋找聽眾的好惡，發現稿本潛在的、隱藏的、習焉不察的瑕疵。」

文化重建的工程始於語言的重建，一九四六年國語推行委員會成立之後，戰後的臺灣即進入一股國語熱的學習潮之中。而國語的推行與文藝政策、語文教育，乃至文學創作之間的關係不可分割，王鼎鈞就站在文學史的現場。而那樣一座發出聲音的放送頭，至今還佇立在新公園內，可以想像當年多少新聞、音樂、政令、故事，從此流瀉而出，而又有多少人曾經或坐或站，守著一座像是宮燈的音箱，屏氣凝神，等待即將發生的事。不知其中是否就有一個兩個是在博物館工作的人員呢？而博物館的方向，還可以聽到音箱放出的聲音嗎？

這是一個「表演」的「現場」了。那樣一個聲音的斷片，瀰漫開來，引領我們回到五〇年代的新公園，而聲音作為一個斷片，劈出了一個新時空，公園內的人事物，全都立體了起來。所以我們依序看到了放送頭，看到博物館，也看到行色匆匆的過客。而當時與王鼎鈞一同出現在公園內，還有誰呢？是否也有同樣四九年來臺，戮力於現代詩寫作，才華洋溢的詩人楊喚？

那時楊喚是一名大兵文人，特別是在兒童文學領域的開拓具有貢獻，〈夏夜〉、〈水果們的晚會〉至今還是課本的經典。〈我是忙碌的〉、〈美麗島〉、〈二十四歲〉更是令人難忘。而除了詩歌的撰寫，後人整理而出的楊喚書信，我們讀到以白鬱為筆名的他，隨著軍旅來到寶島的思考。這些信件無比貴重，它象徵著在以國家興亡為己任的年代，一名青年大兵的內心寫照。其中一九五二年的一封，信末特別附上——「在臺北公園寫」。收信對象是他的好友歸人。楊喚的生活圈也在這一帶吧？楊喚信中提及，工作日漸繁重起來了，身兼數職的他，一串鑰匙握在手上，他體會到了這是一種權柄的象徵，但又令人感到迷茫。信的開頭，楊喚寫到他正坐在公園花架下一張廢棄的鐵凳，那日正午出了太陽：「這有如夏日的春之南國，這南國之春裡的公園，我的少年的心有一股難解的輕愁，一如那寂寞無語的老榕樹。有蝴蝶飛舞花圃，有雀鳥細語於修長的檳榔樹，我對著滿園草色青青，憂鬱地凝視著博物館那希臘式建築的圓形的拱柱。」

詩心與童心兼具的楊喚，書信文字卻隱隱藏了一股憂鬱。而他也以白鬱自況。我們彷彿看見他就坐在可以看到博物館的一張鐵凳，正午的公園，不知道王鼎鈞是否認識楊喚，眼前這一位鬱鬱寡歡的文藝青年，其實是個詩人；而楊喚視線所及的博物館拱柱，當時的館內，又正在推出怎樣的展覽呢？騰雲號火車頭已經在了吧！

王鼎鈞與楊喚的文字作為一種斷片，我們如同點開了一個超連結，回到了五〇年代的新公園，那時博物館在，博物館內的珍藏標本也在，這些描述都像是一則街頭速寫，或者一個限時動態，對於博物館的描述只是片斷，卻因片斷而附著於一個整體。那樣一個斷片構築的世界，處處皆是時間的摺痕，「所謂斷而成片者，就是指失去了延續性。」正是取消了延續性的關懷，我們才能真正穿越在這座布滿歷史教材的公園，將古與今匯聚於眼前的一刻。

而《臺旅月刊》引領我們看到公園的「一刻」。看到訪這一座博物館的人，來來去去的身影，他們出於旅行、工作、觀光、環島、教學等理由，留下了腳印。實則新公園、博物館，乃至附近的總督府、中山堂，早早就在文人雅士的筆下登場，而成為一種敘事欲望的投射對象，一種虛實交錯的文學地景。

一九四〇年代，臺灣本島最為出色的作家之一張文環，他在《臺灣新民報》發表了第一部長篇小說《山茶花》。張文環是典型的鄉土小說能手，他的筆力穩健，故事厚實，最常出現的人物是孩童與女性。《山茶花》一開始即寫到主角「賢」要從嘉義山村的公學校出發，前往北部完成一趟「修業旅行」。那樣一趟旅行，有人可以去，有人不能去，而「賢」是受寵的獨生子。回看這趟行旅，彷若一群鄉村孩童要進城，諸多傳統與現代的交鋒，歷歷在目，可我覺得故事最動人的仍是筆下的童心。張文環通過「賢」的眼睛，沿途發現了：「鐵道有紅綠信號燈，令人覺得是去都市的關卡旗子。」、「每個車站都有盆栽剪成獅子或龜的形態，孩子們看得津津有味。」

當這一群從嘉義來的小朋友，到了臺北，會發生什麼事呢？第一晚他們住在本島人經營的日進旅館，張文環寫得生動：「第一晚，孩子們都沒有出去，大街上有載貨的馬車正在卸貨，孩子們好奇地圍看著。看過畫上的馬，真馬還是頭一次。馬的臉真長啊，怎麼沒有角？」張文環將這一大段修業旅行的故事，取名為「開眼」。他筆下的小朋友，彷彿都有一雙靈氣逼人的大眼：「臺北不如圖畫明信片所看的那麼漂亮，但是莊嚴的總督府令人驚嘆……小孩問賢說，在博物館參觀的沒有辦法記下來，考試會不會出現這些問題？」原來這些去過的地方，回到嘉義之後是要交功課的。這趟旅行真不容易。而博物館要看的東西這麼多，眼花撩亂。一時之間，大家不知所措。這群小朋友的博物館「到此一遊」，應該也是走過日治時期的阿公阿嬤的回憶。很高興它被張文環的小說寫下來了。

同樣在日治時期就已嶄露頭角的文學家黃得時，戰後任教於臺灣大學中國文學系，兼具創作與研究身分的他，出版於一九六七年的《臺灣遊記》，是黃得時較少受人留意的一部兒童文學作品。一樣是孩童的出遊見學，小說通過父親帶著就讀初一的女兒，與就讀小五的兒子，三人進行一趟環島之旅。這趟旅行的背景，誠如小說寫著：「光雄！你說得一點也不錯。在臺灣，好風景的地方實在太多了。尤其是這幾年來，因為觀光事業的發展，各地方都爭著建設『風景區』，吸引遊覽的客人。」

觀光事業正在起步，故事的時間已是六〇年代尾聲的臺北。故事中的父親是一名中學教師，負責教授史地，能在旅途之中扮演知識傳遞的角色。環島書寫是臺灣文學的特產之一，沿途擇選的景點，可以看見作者的審美原則；也會看見基礎建設的更新，而呈現出不一樣的臺灣風貌。換言之，一趟環島旅行的完成，有其終始，差異即在這趟旅行去了哪裡？

黃得時的《臺灣遊記》就從臺北出發，也結束在臺北。他們一家三口搭乘火車來到臺北，第一站拜訪的即是博物館。他們來到博物館的那一天，正巧館內正在進行世界兒童美術展覽會，小男生光雄惦記著這一件事，還誓言將來也要來此展覽他的畫作。他們依序參觀了各種動植物標本的陳列室，也去了人類學室，父親如同導覽員一般，適時補充說明，最後三人更在博物館門口合照留影。隨即又順道去參觀了騰雲號的火車頭。那天，他們中午留在公園內吃便當，我猜不管走到哪裡，都可以看到博物館吧！

而我初次踏進博物館是在二〇一三年《臺灣風土》四大冊的新書發表會。這一套書的前身，是來自《公論報》「臺灣風土」專欄的文章結集。「臺灣風土」專欄內容，涉及人類、民俗、考古等不同知識，它在戰後至一九五〇年初的幾年之間，可以說是對於「臺灣」這門知識最為貴重的一次盤整。而「臺灣風土」專欄的主編陳奇祿先生，便曾任職於「臺灣省博物館」。

於是，從《臺旅月刊》的一張寫真出發，經由王鼎鈞、楊喚、張文環、黃得時的描述作為時間的斷片。我們不免好奇，從戰前到戰後，還有多少文人的筆下著墨過了這一座公園，連到觸碰到了這一座博物館？白先勇的《孽子》將博物館的迴廊作為人生搬演的舞臺，是我們比較熟悉的一部。一定還有其他的故事，有待我們加以挖掘。宇文所安便認為：「我們可以說，任何文學作品都是一個搭配齊全的整體，它自身就是一個統一體；在某種程度上，我們又可以說，任何文學作品自身並不是真正完整的，它更多地根植在超出作品之外的生活中和繼承得來的世界裡。」過去與未來，匯流來到你的眼前。這些匆匆的一瞥、歷史的一刻，不可思議，最後帶領我們遇到了文學。

其實王鼎鈞念念不忘的播音臺還在。地圖上它叫做「臺灣廣播電臺放送亭」。明天，不妨豎起耳朵去聽，聽聽看，有沒有聽到小朋友到此一遊，嬉鬧歡笑的聲音？而公園四周，綠樹濃蔭下，是否就坐著正在靜靜「寫生」的學生。我猜今天作畫的主題，想必就是博物館吧！

博物館前建有兩尊相互對望的銅牛，來往的遊客會摸牛頭祈福。牛背上原有刻上日本全盛時代之地圖，戰後被磨平了。

進入室內大廳，可見帶有秩序感的古希臘式柱列與圓形彩色玻璃藻井。

臺灣博物館本館的前身，爲紀念臺灣總督兒玉源太郎（左）與民政長官後藤新平（右）在臺治績而號召人們捐獻所建，原來供置在大廳兩側的銅像，近年被移置在展示廳內。

展示廳內，展有三大鎮館之寶——「國姓爺鄭成功御真」、「康熙臺灣輿圖」，以及高橋雲亭摹繪的「臺灣民主國國旗藍地黃虎旗」。

一九三〇年代，臺灣博物館南側面對公園，圖中圓形水池，今天仍存在。（國立臺灣大學圖書館數位典藏館提供）

一九三〇年代，臺灣博物館在一九一五年落成時的木製陳展櫃。（國立臺灣大學圖書館數位典藏館提供）

一九三〇年代，臺灣博物館內的本島鳥類標本。（國立臺灣大學圖書館數位典藏館提供）

一九二〇年代，臺灣博物館內蒐藏原住民文物豐富，圖中可見蘭嶼達悟族之「拼板舟」。（國立臺灣大學圖書館數位典藏館提供）

·川上館長鞠躬盡瘁·

一九〇八年，臺灣總督府博物館成立，由植物學家川上瀧彌擔任首任館長。川上瀧彌長年在臺從事植物學研究，並積極推動臺灣博物學的研究，爲臺灣植物學研究立下了厚實基礎，也造就二十世紀初臺灣博物學調查最活躍的時期。一九一五年，臺灣總督府博物館新館落成，他親自籌備諸事，未料因此積勞成疾，不幸於新館開幕隔天病逝，享年四十四歲。

·羅馬式穹頂照光輝·

臺灣總督府博物館的建築風格，爲融合古希臘羅馬建築和義大利的帕拉第奧式建築的新古典主義，體現於山牆、柱式、圓穹頂、彩繪玻璃等建築形式的設計中。博物館室內的羅馬式穹頂嵌有的彩色玻璃，是西方教堂常見的裝飾，其功能兼具美觀與透光性，使室內猶如被神的光芒籠罩，而東方效仿西方建築的裝飾則以美觀爲主。

·北投石，國寶級礦石·

以自然史爲主要特色的臺灣總督府博物館，在礦石的研究上累積了豐富的蒐藏與成果，其中以「北投石」最具代表。一九〇七年，岡本要八郎在北投溪進行地質調查時，發現北投石的礦物結晶，引起了國際礦物學界的矚目，後爲國際礦物會議通過認定爲新種礦物，成爲全世界現存三千多種礦物中，唯一以臺灣地名命名的國寶級礦物。

·高橋雲亭版黃虎旗·

臺灣被割讓給日本後，民間成立臺灣民主國，推舉唐景崧爲總統，並設計「藍地黃虎旗」爲國旗。而後眞旗下落不明，直到一九〇八年時，博物館申請複製當時日本皇宮所藏的「基隆黃虎旗」，隔年由畫家高橋雲亭依樣製作，送至館內保存至今。其特色在於刻意做舊以忠實還原母旗，是現存最接近原旗的版本；背面的「日間虎」與「夜行虎」相對，正是貓科動物眼睛日夜間光線的變化。

·希臘式柱式有簡有繁·

臺灣總督府博物館作爲結合古希臘羅馬建築風格的新古典主義建築，在柱式的設計上，全部採用了古希臘的柱式。左圖爲臺灣總督府博物館外使用較爲簡約的多立克柱式（Doric），右圖則是館內中央大廳較爲繁複的柯林斯柱式（Corinthian），以三十二根排成柱列，兩種都屬於古希臘的三大柱式。

臺北公會堂

臺北公會堂，位於臺北市中正區，建於昭和十一年（一九三六年）。所謂公會堂，是日本專爲都市舉辦集會活動所設計的公共建築，而臺北公會堂的規模與場地設備水準，在當時僅次於東京、大阪、名古屋；戰後，原公會堂改名爲「中山堂」，因具有先進的設備與空間，很長一段時間，成爲庶民娛樂生活的場域與藝文空間，包括一九五〇至一九九〇年代作爲公務人員的免費電影院、娛樂室、理髮廳、貴賓室、廚房等空間，這段期間也會短暫作爲國民大會開會與播放免費電影的場所。

臺北公會堂爲臺灣日治時期知名建築師井手薰的作品，其外觀的建築風格，源自一九三〇年代流行的折衷主義，以西方現代主義爲體，在一些裝飾設計與建材使用上結合東方特色，而堂內一樓則與外部的現代主義風格形成對比，上方的穹窿造型，飾有象徵伊斯蘭文化的黑色八角星幾何圖案，帶有濃厚的回教風格，整體呈現中西合璧、傳統與現代並茂且帶有異域情調的多元風貌。

臺北公會堂作爲政府規劃給市民活動的公共空間，爲日本政府在臺普及現代性的體現之一。此公共空間歷經不同時期，曾具有集會、娛樂、藝文等多重功能，時至今日的中山堂仍延續此精神，成爲開放市民租借的展演空間。

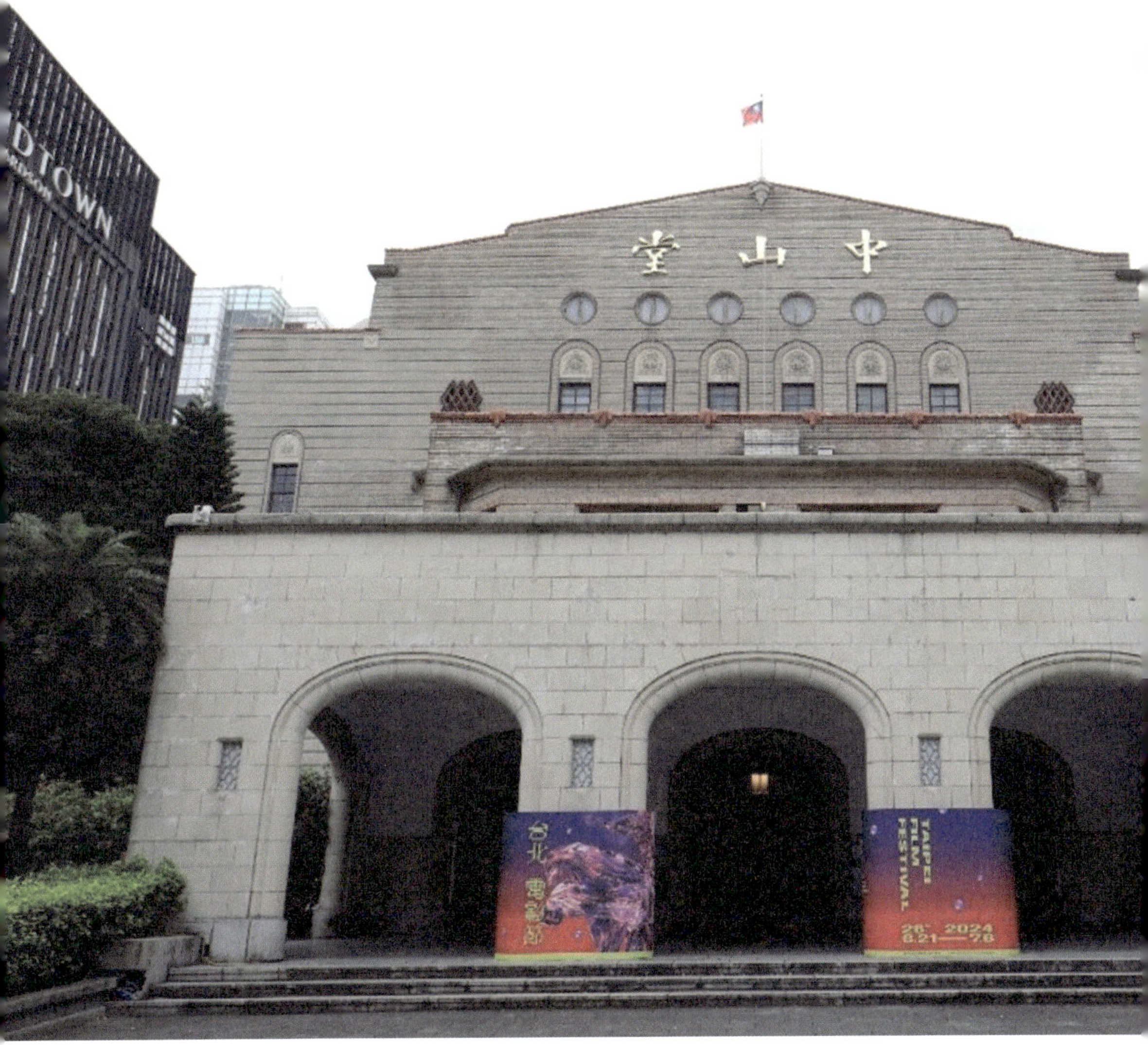

臺北公會堂東面主入口。

臺北公會堂

●地址：臺北市中正區延平南路 98 號

●開放時間：09:30~17:00

楊富閔

臺南人，生於一九八七年。臺灣大學臺灣文學系碩士、博士。著有《花甲男孩》、《故事書》套書、《解嚴後臺灣囝仔心靈小史》、《賀新郎：楊富閔自選集》、《合境平安》等書，作品曾於二〇一七年跨界改編為電視劇《花甲男孩轉大人》，並獲第五十三屆金鐘獎年度最佳戲劇。

從儀式到文字：打開中山堂的方法

我對中山堂最原初的印象是在國中歷史課本。記得課程進度來到一九四五年的臺灣「光復」，課本總會適時配上一張「受降典禮」的歷史寫真。其中一張中山堂外人山人海，彷彿大家都要來見證這光復的一刻。「一刻」要怎樣見證呢？光復若是一顆鏡頭，我們又該如何捕捉與想像光／復的瞬間；另有一張，也很常見，端端正正坐著許多衣著挺拔的軍裝人士，照片中的中山堂，門面裝潢華麗，搭建頗有古風的仿真牌樓，左右對聯，爬滿許多粗體的文字，隱約可以看到「五十年城池收復」、「建設新臺灣」、「臺灣光復」等字眼。構圖中央兩面旗幟交錯，上面一行寫著「中國戰區臺灣省受降典禮會場」。

那樣一座有著飛簷的牌樓，雖是黑白照片，可是訊息飽滿（仔細看還有花卉鳥紋）視覺的刺激，若是你在現場，想必是很強烈的，若再加上中山堂防空避襲的土黃牆面，搭上旗海與牌樓的多重色塊。不知為何，每次看到這一張「慶祝臺灣光復」的經典史料，群眾聚集，人山人海，總是讓我想起鄉鎮常見作醮慶典的廟會牌樓，眼前一切充滿了儀式感。

故事的誕生，總是與儀式密不可分。而那些光復的寫真，於我皆是一個個時間的地點，是一個個「歷史的一刻」。一九四五年對於臺灣人來說，臺灣剛剛結束日本殖民統治的五十載，而抵達眼前的是一個分不清是新是舊的「開始」。戰後初期的許多報刊史料，即能看到許多以「新」為名的刊物：《新臺灣》、《新兒童》、《新知識》、《新新》以及《臺灣新生報》，眼前一切皆新，只有建物是舊的。記得龍瑛宗有篇日文小說〈青天白日旗〉，描寫一個結束轟炸的小鎮市街，不僅也有了生氣勃勃的「表情」，同時迎來豐收盛產的水果龍眼。那篇小說充滿光線：白色的日光、白衣的男子，乃至手上光芒四射的小旗。亮得讓人張不開眼。

實則關於中山堂建物本體的前世今生，如何從公會堂到中山堂的故事，歷來已有豐沛的闡釋。晚近《中山堂視野》藉由回憶文章，著眼於空間與人文的記憶，清晰勾勒出了中山堂的一個世代；而沈冬〈眾樂之堂：中山堂〉則以跨域視野，結合新媒體新方法，著眼於「樂」這個字，帶領我們在二十一世紀重新認識藝文所繫的中山堂。我以為都是現在進入中山堂的絕佳文獻。本文則嘗試尋找中山堂作為一種空間文本，觀察它在文人筆下出沒的型態。事實上，誠如張曉風在〈中山堂竹枝詞〉寫著：「全省並不是只有臺北市才有中山堂／各市／各縣／各鎮／各鄉／各學校／各機關／各營房／卯起來都能蓋間中山堂」。我記得以前在國民學校的風雨走廊，看到小學生的畫作展覽，主題「畫我校園」，不少小朋友畫得寫實，那些畫作裡面就有一間間小小的「中山堂」。無論如何，作為一個公共空間，中山堂自是「人」與「事」交會的所在，而我在爬梳戰後的資料庫，發現中山堂更像一個由人事搭建而出的「舞臺」。我們可以看到一件件的寫真、卷宗、文件、文書、契約、公文、本事、節目單……交錯其中。「文」的意涵在此擴大成為一種廣義的文本，織成一座充滿故事的新世界。

僅以一九四六年的《民報》為例，鍵入關鍵字「中山堂」，可以讀到當時此一空間的功能與用途，它是如何與市民生活密不可分，而每一條新聞都像一個索引、一條短訊、一張截圖，折射而出了戰後初期臺北的表情。如：「國父逝世紀念大會，各方面踴躍參加，體念國父遺志普及國語」、「慶祝光復美術展覽會」、「中央社臺北分社舉行成立儀式」、「體育協進會分會成立」、「軍用犬教養團舉行成立大會」、「革命先烈紀念日，舉行國語競賽」、「熱烈慶祝元旦，中山堂劇舞並開，七十軍政治部主持」、「烹飪同業工會開成立大會」、「省參議會議場本日遷至中山堂」、「聖烽劇團發表會，本日起在中山堂公演」……這些訊息，召喚成立、紀念、分會等話語，無疑都再擴大了「新」的定義，同時也複雜了「文」的內涵。而當人、事與地點，全都到齊了，可以想像活動開始之前，中山堂內外匆匆入場的身影；活動結束之後，廣場上熙來攘往的畫面。同時人潮又如何從中山堂輻輳，視線延伸至西門町、火車站、衡陽路、新公園……一種認識戰後臺灣文學史的新讀法。姑且不說，一九四六年成立的「臺灣文化協進會」的機關地址即在中山堂，而它的附屬刊物《臺灣文化》向來是理解戰後初期臺灣文學從「日語臺灣」到「國語臺灣」的重要史料，其中呂赫若最重要的小說之一〈冬夜〉正是發表於此。

除此之外，中山堂作為一個巨大符號，在慶祝光復的延長線上，它也映入了傳統士紳的視野。同樣是戰後初期的重要文化刊物，創刊於一九四六年七月的《臺灣評論》由李純青主編，該份刊物的第一卷第二期的目錄頁出現「中山堂雅集」。可以看到具有民族氣節意涵的漢詩文，如何將中山堂作為一種詩題，去闡發易代的遭遇與感懷。刊物本身除了刊登漢詩作品，同時說明此一詩人雅集的緣會——「臺灣民主抗日五十一週紀念日於省垣臺北市中山堂詩會輯錄」。而本次集會發表詩作的詩人，即有黃純青、謝雪漁、魏潤庵、楊仲佐、謝尊五、王少濤、許劍亭、林子惠、林佛國、倪炳煌等人，多數詩人具有臺北瀛社的背景。這場集會是在一九四六年的五月二十五日。五十一年前的這一天，正是唐景崧臺灣民主國的成立之日。

事實上，日治時期詩人集社蔚為風氣，由於殖民的關係，作為媒介的漢詩因為與日本漢文「同文」的關聯性，寫作漢詩成為一種別具象徵的文化行動，而當臺灣從日語世界回到祖國懷抱，可以留意到，本次集社反而特別強調「抗日」此一訴求。詩人開始召喚一八九五年唐景崧與臺灣民主國的事蹟，此時漢詩成為連結國府代表的中華文明正統，以此重新建構了「臺灣史」的詮釋。那麼，詩人如何藉由漢詩傳介此一從公會堂到中山堂的空間地景呢？

比如黃純青的「義不臣倭憶昔時／國成民主此開基／威揚黃虎風仍捲／還我河山喜賦詩」特別能夠彰顯政權的轉移，一方面召喚了民主國的藍地黃虎旗掌故，同時也將國府標語還我河山一併帶入。而楊仲佐的「五十年華如夢醒／何期蒼海聚浮萍／紅羊劫後無多士／卻喜賡詩集斐亭」的亮眼之處即在點題斐亭。斐亭乃是臺灣八景之一，唐景崧曾經組織斐亭詩社。唐景崧在治理與作詩之間，體現了懷抱與文才。然而眼前已非斐亭，卻是新時代的中山堂了。倪炳煌的「國權民主舊轅門／瞻仰惟餘雪爪痕／此地敲詩重聚首／空懷南注又仙根」與「回首得間便學軒／斯文韻事址仍存／滄桑歷劫人存在／興會重開一紀元」因此對於空間的今非昔比，感觸特深。我們且看「重聚首」、「址仍存」，都複雜了以中山堂為題的詩寫，詩人內蘊其中的歷史意識與個人感懷，全都一併寫在人來人往的省垣了。

而當「中山堂」不僅只是一個現代生活的活動場所，進一步，作為一個象徵性的存在，那也等同，此一空間開始成為創作者自我投射的對象，與虛構文本的題材。現代小說就有兩部經典之作，可以作為參照。那是王文興的《家變》與駱以軍的《月球姓氏》。《家變》出版於一九七三年，《月球姓氏》出版於二〇〇〇年。兩位作家隸屬不同世代，作品出版間隔近三十年，不約而同都觸及到了中山堂，同時也有不少旨趣相像的關懷。比如兩本小說都是來到中山堂看戲，王文興的《家變》描寫敘述者「我」毛毛與二哥來到中山堂，只為了要看慶祝三二九青年節上映的豪華雄偉史劇《岳飛》。駱以軍的〈中山堂〉則描述與父親一同來看《六朝怪談》。實則王文興筆下始終都以××堂作為替代。小說家透過毛毛之眼看到的中山堂內部：在視覺的表現上——「浩大無垠的廳堂現在前頭」、「倘如你要舉頭看那天花板，你得把頸子傾倒最後」。在味覺的表現上——「他這時嗅及一鼻特殊味覺，一種悅鼻的霉甜息」。

駱以軍的中山堂故事，則雙線交織，一條線是舞臺上妻子的獨幕劇；一條線是已身的回憶：「他是從側門進入這個暗魅布滿塵埃的大禮堂，他一推開門，眼睛先在幽黯微光中搜尋那舞臺上方熟悉無比的紫紅色天鵝絨布帷，再沿著線條向下找到坐在舞臺上的、孤伶伶的妻子。」我們可以看到，一年四季多少表演在此輪番登場，它已內化成為一種文學的象徵。提示我們中山堂是一個看似親近的日常，但又富含政治寓意的空間。

不過，更吸引我注意的是，兩個小說家都寫到了「雨天」。散戲之後，王文興筆下的敘述者我與二哥忘記了雨衣，雨衣放在哪裡呢？「二哥，我們的雨衣掉了！」——「ah，……噢——忘記在椅子底下，」二哥說：「你為什麼也不早說？」駱以軍則是點出迷人的臺北雨夜：「他記得那是個下雨的周末晚上，他父親將溼答答的雨傘橫放在他們的坐椅下面。唱國歌起立的時候，他注意到腳底的水漬匯聚成流沿著座椅下高低差的斜坡下流。」兩位小說家將看戲的細節，全都鑲嵌在與「親人」之間的互動。或許是中山堂關係？人物情感的表現都是極其壓抑。

跟著王文興與駱以軍的故事迴路，兜圈，我第一次進入中山堂的表演廳，已是二〇一九年的事情。那年我與臺北市立國樂團合作，製作了我的第一齣音樂劇《我的媽媽欠栽培》，首演即在臺北的中山堂。正式演出前天，我到現場去看總彩，入夜的廣場，這是我第一次如此靠近臺北舊城的夜晚。三三兩兩的青年學生、下班的上班族，老人與小孩，還有正在練舞的青年社團。我從大門進去，安安靜靜地走進了中正廳。那是一齣交錯國樂、偶劇、聲樂以及歌仔戲的臺灣歌劇，演出相當成功，令人難忘。有一天，我發現，我和許多匆匆路過的身影一樣，忙碌著自己的工作。第一次感覺到我在這座城市，終於也擁有自己的故事。

難忘的演出在中山堂，一定還有呂泉生作曲、王昶雄作詞的臺灣經典歌謠〈阮若打開心內的門窗〉。根據王昶雄的記述，一九五八年，〈阮若打開心內的門窗〉即是在中山堂由「臺灣省文化協會男聲合唱團」首發。〈阮若打開心內的門窗〉的詞曲給人一種不停推進的遼闊、深邃之感，誠如王昶雄提示的，門與窗乃是歌詞的詩眼。這首歌寫出了一九五〇年代的盼望，寫出了一個時代的心。

而我以為「打開」兩字更是關鍵。〈阮若打開心內的門窗〉似乎特別適合在這一座充滿門與窗的中山堂演唱。那個年代，又有多少的首發、初體驗、開眼界，看到明星的廬山真面目，是在這個時間、空間層層疊疊的場所？同時因為一場演出，漸漸把視野打開來了。

我初次聽到這首曲目是在小學生的音樂課。我們的山村教室，是在一間格局類似禮堂的活動中心，前後皆有歷史偉人的照相，酒紅絨布的落地簾幕收了起來，角落還有國旗的旗座。那也是一座小小的中山堂吧？總是滿室的光亮，而小學生大聲的歌唱。「春光春光今何在／望你永遠在阮心內……」沿著呂泉生譜寫的旋律，南國的光亮，照在剛剛灑掃結束的門與窗。那真是一個難忘的下午，我們正在打開心內的門窗，準備長大、出發，很快就要去城市了。

photo album

臺北公會堂外設計的廊道，一邊爲走廊，供行人下車行走，一邊則爲車廊，供車輛行駛。

入口處掛有「中山堂」牌匾，顯示戰後日本政府撤離、國民政府來臺政權移轉寫照。

堂內上方裝飾有八角星與十字幾何造型的穹頂，帶有回教風格。

位於二樓的中正廳，在日治時期稱作「大集會堂」，作爲藝文活動空間使用。

約一九四〇年代，臺北公會堂（今中山堂）東面主要入口外觀。（國立臺灣大學圖書館數位典藏館提供）

・以本土為材，擬中西之形・

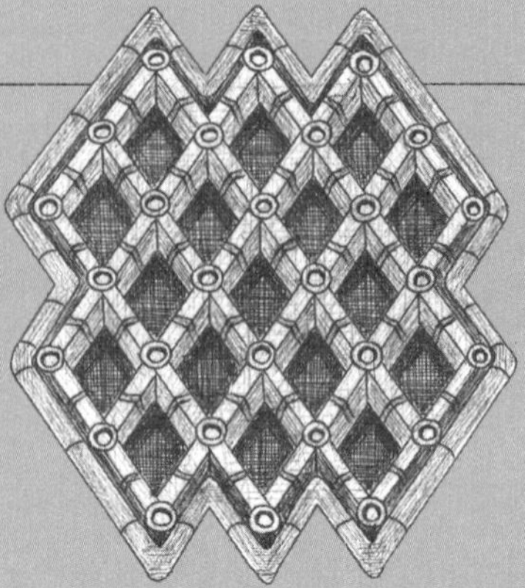

臺北公會堂主要採西方折衷主義的建築風格，而在一些裝飾設計與建材使用上則結合中式特色，呈現中西合璧、傳統與現代並茂。在建物正面的左右兩側，各有一對稱的造型氣窗，是以臺灣在地的紅陶瓦爲材，造型類似中國傳統的「方勝」紋樣以及西式的「勳章飾」。

・大廳裡的八角星空・

進入一樓大廳，首先可以感受到內部空間與建築外觀的西方折衷主義風格，形成對比。上方的穹窿造型，飾有象徵伊斯蘭文化的黑色八角的幾何圖案，帶有濃厚的回教風格，而支撐穹頂的立柱，其柱身下半部由咖啡色馬賽克拼貼而成，頂部交接處則有繁複華麗的雕飾，類似於希臘羅馬柱式，整體風格呈現出典雅的異域情調。

・入室前先淨足・

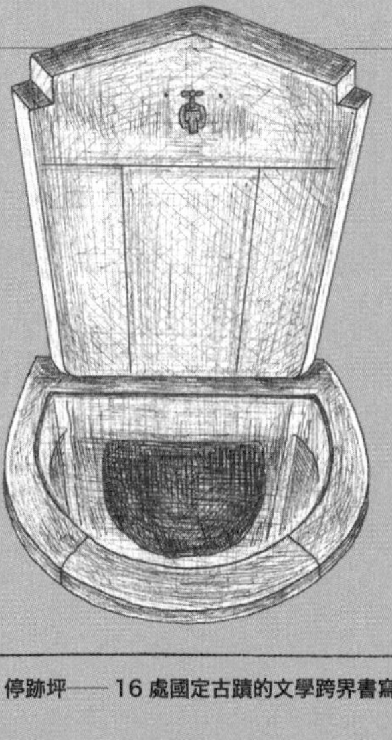

早期臺灣室內與室外大多爲泥土地，街道尚未完全鋪柏油路，人們較無「屋裡屋外」的概念。日治時期的公共場所，經常可見入口處設有「淨足池」，供人們入室前洗淨腳底或鞋底塵土，以維持室內空間整潔。而公會堂入口處便有兩座淨足池，爲日本政府在臺灣推行公共衛生觀念的體現。

·再現日治臺灣風土·

戰後，臺北公會堂改名爲中山堂。如今館內二樓牆面，掛有一件大尺寸國寶《水牛群像》，又名《南國》，是日治時期臺灣雕塑家黃土水於一九三〇年完成的石膏淺浮雕作品，刻劃出早期臺灣特有的農村景象與亞熱帶風情。黃土水逝世後，其夫人黃廖秋桂將這件作品贈予中山堂，成爲爲中山堂的鎮堂之寶。

·從牛眼窗望城市風景·

在建築的設計上，臺北公會堂源自一九三〇年代流行的折衷主義建築風格，在正面山牆上有六個圓形造型窗，形似牛眼，因此得名「牛眼窗」，這是西式建築中一種裝飾性的小窗，常見於歐洲的巴洛克式建築，通常設計在樓房的上層，有採光、眺望及裝飾的用途。而此處的牛眼窗，得以望見臺北城市風景。

理學堂大書院

理學堂大書院，英文名爲Oxford college（牛津學堂），位於新北市淡水區。一八七二年，來自加拿大的傳教士馬偕渡海來臺，上岸淡水教區，起初透過行醫的方式，拉近與在地人的距離；一八八〇年，馬偕返回加拿大，在家鄉安大略省牛津郡報紙刊登募款，籌備建校基金，募得加幣六千二百一十五元，隔年重返淡水，親自選地、設計、督造學堂，最終於一八八二年落成。

在建築方位與格局上，理學堂大書院坐北朝南，爲傳統四合院三開間、兩進、兩護龍的格局；在外觀設計中，屋頂則有西式教堂的小帽尖，牆面上的圓拱型門窗、百葉窗及彩繪玻璃，以及西式女兒牆的作法，整體呈現中西合璧的建築風格。

馬偕對臺灣的貢獻不僅在於人們所熟知的醫療與宣教上，理學堂大書院也是全臺第一間西式現代學校，首開北臺灣教育之先鋒。馬偕以此處作爲基督教長老教會培育在地宣教人才的中心，而理學堂大書院即如今臺灣神學院、眞理大學、淡江中學的前身與起源地，現爲眞理大學校史館。

理學堂大書院正面景觀，石樑上雕刻「理學堂大書院」字樣。

理學堂大書院

●地址：新北市淡水區眞理街 32 號

●暫不開放

李秉樺

原居住於新北市蘆洲區，高中時就讀淡江高級中學，三年來往返蘆洲與淡水，後期搬到淡海新市鎮定居。曾任淡水社區大學講師教授文化攝影課程，獲多項攝影獎項，經營臉書粉絲專頁「淡水Tamsui.com」。著有《淡水通商委員李彤恩與滬尾戰役》。

牛津學堂的誕生與馬偕的教育理想

一八五八年，清帝國與西方列強簽訂《天津條約》開放牛莊、登州、潮州、瓊州、臺灣等地成為通商口岸，臺灣方面則開放了安平、打狗、滬尾、基隆，允許外國人可以買賣船貨，建屋起造禮拜堂與醫院，而滬尾即是淡水港北岸的熱鬧市街，文人池志澂曾描述：「滬美民居數千家，皆依山曲折，分為上、中、下三層街，中、下市肆稠密，行道者跐錯肩摩，而上則樹木陰翳、樓閣參差，頗有村居縹緲之意。」鹽務官史久龍：「滬尾沿山一街約長三里許，山上亦有小市，山下亦惟媽祖宮前為最，每當春夏之交，輪舟載茶、載腦以去，民船載貨載鹽以來，尤形熱鬧。」文人洪棄生：「鑑水為樓，梯山結市。登紅毛之古堞，望黑水之鴻溝。」滬尾街土地狹小，建築臨水依山而建，人群摩肩擦踵地在此地生活打拼，這座河港山城日後也成為馬偕牧師在北臺灣重要的宣教中心。

一八七一年十月十九日，馬偕牧師從加拿大安大略省出發，年底時抵達臺灣打狗，一八七二年三月七日，馬偕牧師與南部教區的李庥牧師、德馬太醫生，搭乘海龍號從打狗北上，三月九日下午三點，抵達淡水港，這裡的景致讓他想到蘇格蘭高地的風光，李庥跟馬偕說：「馬偕，這就是你的教區了。」馬偕認為是一條看不見的線，將他牽引到淡水，踏上了這塊他夢寐以求，且無人服事的新教區。第一天晚上借住於茶商約翰·陶德的商行中，馬偕對於陶德先生大方開放自己的家給他居住表示由衷感謝，陶德表示，如果有任何需求都可以告知他，並吩咐僕人烹調食物給馬偕牧師。四月十日馬偕牧師租下了一間原本要作為馬廄的房子，地點就在今馬偕街二十四號，是一間簡陋且狹窄的房間，這裡是馬偕來到淡水後第一個屬於自己的家，由此展開了他三十年的傳教生活，在北臺灣建立了六十處宣教所，用施藥、拔牙與本地人建立聯繫，並在淡水港設立了醫館、禮拜堂以及北臺灣近代教育的發源地——牛津學堂。

馬偕牧師早年為學生們上課時，沒有遮風避雨的地方，時常以天空為屋頂，以草皮、砂石、泥巴為大地，直到一八八〇年馬偕牧師第一次回國述職，故鄉安大略省牛津郡的居民在伍德斯多克鎮的《守望評論報》發起募款，希望能為臺灣建立一所學校，此舉獲得了眾人熱烈響應，最終募得六千兩百一十五元加幣，讓這棟建築的資金有了著落，馬偕將學堂取名為牛津學堂，漢名也稱為理學堂大書院。

有了家鄉親友的慷慨解囊，讓馬偕更有信心完成這棟學堂，建築工程約在一八八一年底，陸續開工整地，馬偕也親自丈量土地，地點在今真理大學中，古名砲臺埔的丘陵上，此地可以俯瞰整座港口的景色，通風較佳。馬偕並特地囑咐水泥匠要在學堂後方砌一面矮牆，來保護建築，但在施作過程中，工人認為只要砌上大石頭就好，馬偕則指示工匠要把石頭與石頭的縫隙填滿，這樣牆面才會堅固，由此可以看見馬偕一絲不苟的性格，工程於一八八二年七月二十六日晚上八點三十分完工，啟用典禮當晚馬偕與學生們在校園中前插上了清帝國的黃龍旗與英國國旗一同慶賀，當天出席的貴賓包含淡水海關稅務司好博遜，英國領事館副領事費里德等地方政要，清政府方面由淡水通商委員李彤恩出席。

牛津學堂建築呈回字形，近似於漢人傳統四合院建築，在主建物後方建有一落作為宿舍之用，學堂正門的安山岩石條上刻有「光緒壬午年，理學堂、OXFORD COLLEGE·1882，大書院，孟夏之月建」，石條上方屋頂平台，建有女牆，左右護龍開數個拱型窗，並有獨立出入口，屋簷上設三角形老虎窗以利採光，並建有兩座磚造煙囪，屋頂也設有數個塔形裝飾為此建築的一大特色，兩護龍山牆有波浪與船錨的白灰裝飾。房間的規劃方面，包含二間教室、一間博物室兼圖書室、浴室、廚房等設施，學堂前規劃為操場，馬偕也在學校園區中種了一千七百餘顆的樹木加上一百多棵的夾竹桃點綴其中，馬偕描述校園綠籬就像是一座小森林，長約一千三百餘呎，園區中種滿植物花草，馬偕在休息時也會在校園運動、沉思，學校前也開闢新道路，每條約十呎，並就地取材使用海邊撿拾的珊瑚石碎片作為道路鋪面，這條路也被住在淡水的外國人社群稱呼為「大學路」，也就是今日的真理街。除了校園建築外，馬偕好友茶商約翰·陶德先生，在結束臺灣商行生意回國前，送來了別緻的餞別禮物，是一個精美的金屬鐘，上面標註了1840及Quintin Leitch，這顆鐘也成為了牛津學堂的專屬上課鐘，這顆富有歷史意義的鐘，目前仍存於臺灣神學院。

日後馬偕牧師在回憶錄《From Far Formosa》中，提到從外海搭船進入淡水港時，首先映入眼簾的是紅毛城，再往後即可看見兩棟紅磚建築，也就是牛津學堂與一八八四年興建的女學堂，這兩棟建築使用良好的木材並且做工細膩，馬偕牧師稱這兩棟建築為安大略省的榮光，藉以感念故鄉親友們的慷慨捐助：「在我們正對面的坡頂上，有兩座寬敞典雅的紅色建築，四周有樹道圍繞著，從海的遠處就可看到的，而且其造型和任何通商港埠的建築都不同，這兩座就是牛津學堂和女學堂。」

一八八二年九月十五日星期五，迎來牛津學堂的第一學期，以最大的教室為例，設備包含講臺、黑板，學生有獨立課桌椅、世界地圖、天文圖、譜架，教室內有四個玻璃窗作為採光之用，以當時的時空背景來說，可以說是非常先進，牛津學堂為訓練神職人員的神學院，學習的課程多元，大概分為以下十種科目：

（1）歷史
（2）詩
（3）自然史
（4）天文學
（5）植物學
（6）地理以及亞洲的自然地理學
（7）生物學
（8）生理學

（9）貝類學
（10）五十種本地主要常用藥物的藥物學

上述的主要十大科目外，還有教會歷史，合唱詩歌，也會一同去校外教學，前往海邊觀察海葵、海參等，馬偕也會親自示範如何使用顯微鏡觀察生物的樣態，並用幻燈片跟學生們解釋教學內容，馬偕也開放自己書房，將累積多年的收藏，例如地圖、地球儀、圖片、顯微鏡、望遠鏡、萬花筒、照相機、磁石、標本、農具、樂器、武器、紡織品、飾品、原住民器物、漢人宗教文物等，提供給學生多元的研究資源。

馬偕曾說，期待事情一致是不合理的，那就像製作土磚，將每個人壓入同一個模型，然後曬乾變成一塊磚，這是馬偕對於教育的看法，如同大家熟悉的成語「因材施教」。馬偕不僅傳遞學生知識，也看顧學生的健康。他多次在夏天的日記中寫到，瘧疾、霍亂，學生們都病倒了，形容學堂就像是醫院；一八八八年六月二十九日至七月十三日的日記寫到，為數眾多的學生都因為瘧疾而病倒，馬偕配製退燒藥給學生們服用，要處理瘧疾問題，環境衛生至關重要，所以馬偕將校園分為數個打掃區域，讓學生們定期打掃，掃除工作結束後，也會一一檢查是否整潔，防止蚊蟲孳生。

一八八四年，清帝國與法國因越南藩屬問題，爆發清法戰爭，法國除了攻打越南北圻外，也派出戰艦攻打臺灣，一八八四年八月五日攻擊基隆，八月九日英國領事館發布撤僑公告，建議外國人先行撤離，馬偕表示：「當他們在岸上時，我不上船，如果他們將會受苦，那我們要一同受苦。」馬偕決定持續留守。十月二日早晨法軍對淡水港展開砲擊，學生嚴清華組織救護班拆門板將戰爭傷者送到偕醫館救治，連日的操勞，馬偕也患上急性腦膜炎病倒了，幸好經過約翰生醫師救治，與好友茶商約翰．陶德送來冰塊，才讓馬偕度過最危險的時刻。由於戰爭情勢嚴峻，馬偕先行將家人送上英國撤僑船前往香港，自己留在淡水，待身體復原後，搭船前往探視家人，回程時法國遠東艦隊司令孤拔宣布封鎖臺灣海峽，船隻遭法軍阻擋不得入港，但交通船已經抵達港外，馬偕也遙見山丘上牛津學堂前的學生，卻無法登岸，船長僅能選擇調頭返航。

戰爭結束後，馬偕從香港回到淡水，馬不停蹄處理各地教堂遭民眾毀壞事件，時間已經來到一八八六年三月九日，這天是馬偕當年上岸抵達淡水的日子，北臺灣各地的教友齊聚了一千兩百七十三人於牛津學堂，舉辦祝賀馬偕抵臺十四周年的活動，教友用榕樹布置成拱門，在各處掛上燈籠，插上旗幟，活動當晚，由學生嚴清華代表，致贈古董手杖給馬偕，馬偕也在活動中發表感言：「前些日子因戰爭滯留香港，不得進入我親愛的福爾摩沙是我十四年來最痛苦的事，我對禮物等等一點都不在意，我只在意能看到一千二百七十三位教友齊聚在淡水，我們在這裡，不是作戲，不是浪漫傳奇、不為刺激興奮，也不是感情用事，絕對不是，只是頑強的事實，當年我登陸時，他們一個都不在。」

一九〇〇年六月中，馬偕牧師講課時感到喉嚨不適，多日之後仍未有復原的跡象，甚至開始有說話困難的狀況，魏金森與克羅莎醫生為其檢查，發現馬偕的喉嚨聲帶處有一顆結節，由於馬偕熱愛教學與分享，無法說話讓馬偕感到困擾，但醫生卻也僅能幫馬偕減輕痛苦，用吸入明礬和松香等藥品的治療法，短暫讓馬偕減輕疼痛，但十月十二日在吸入藥品時吐了一口鮮血出來，馬偕牧師只好請學生替他代課，十月二十六日兩位醫生再度為馬偕檢查，發現有兩個斑塊，馬偕仍難以開口。十一月時馬偕牧師前往香港就醫，當地的史特曼醫生發現他的腫塊已經開始有潰傷的狀況，由於長期無法言語，馬偕在日記寫到：「上帝知道我滴血的心。」馬偕在香港仍無積極治療的方法，且醫生一度認為腫瘤是良性的。

一九〇一年一月七日，史特曼醫生再度為馬偕檢查，認為他的腫瘤有縮小，馬偕在一月十一日返抵淡水，治療並未停止，到一月底時馬偕已經痛到無法入眠，二月十日施打了嗎啡，二月十一日病情加劇，馬偕差點被自己傷口的分泌物堵住呼吸道導致窒息，情況非常危急，二月十三日魏金森醫生建議到大稻埕進行喉部手術，手術後情況短暫好轉，但呼吸時仍極為痛苦，二月底時脖子腫脹潰爛，再度進行一次手術，仍沒有顯著改善，三月二十五日魏金森醫生再度為馬偕檢查，並告知馬偕治癒機會渺茫，馬偕則希冀能夠回到熟悉的淡水，因為淡水有比較大的空間可以活動，四月初馬偕回到淡水，頸部短暫消腫，但在四月底再度復發，五月初開始無法進食，五月底已經完全無法喝水，最後僅能用橡皮管幫馬偕灌食流質食物。

五月三十一日，馬偕在午夜醒來，表示想要前往牛津學堂查看，遭眾人勸阻，病體沉重的他，猶如迴光返照，趁著眾人不注意，悄悄前往查看牛津學堂，最後被一位學生發現，將他攙扶回到住所，根據學生柯維思回憶：「大家都覺得奇怪，他怎麼會記得考試的時間，因為六月是學生和傳道人的考試時間，他曾要求他們在六月份要準備好應試，雖然病得那麼嚴重，他的心仍然惦記著教會與牛津學堂。」

在馬偕病倒的數年前曾有一位德國旅人阿道夫・費實在旅途中曾拜訪馬偕牧師，他在回憶錄中寫到，福爾摩沙人對外國人的敵意如今能夠顯著降低，變得和諧，很大的程度都要感謝馬偕的慈善事業所發揮的影響力，阿道夫描述馬偕有著一對濃眉，深色的雙眼，散發出堅定與果斷，是常人所不能及，阿道夫看到當地漢人在馬偕的教導下，可以使用畢達哥拉斯的平面幾何定理，也就是所謂的畢氏定理，他感到極為驚訝，並提到馬偕平時講話輕聲細語，但在發號施令時鏗鏘有力，當地的漢人都非常敬佩他，阿道夫在旅行中短暫與馬偕交談，就能感受到馬偕對於學堂與學生的重視，因此無論肉體如何衰弱，在馬偕腦海深處，仍不忘走下床鋪，去學堂看看學生。

一九〇一年六月二日，下午三點五十五分，馬偕牧師因喉癌病逝，妻子張聰明、兒子偕叡廉、女兒偕瑪連，吳威廉牧師、羅為霖醫生、女婿陳清義、學生柯維思等人隨侍在側，六月三日家人將馬偕牧師放入外黑內白的棺槨中，頂部則用透明玻璃蓋覆上，六月四日由吳威廉牧師主持告別式，棺槨放置於牛津學堂大廳中央，眾人吟唱詩歌，繞行棺木一周向馬偕道別，同日下葬於外僑墓園中，當日有近三百人，絡繹不絕前來送馬偕牧師最後一程。

photo album

從眞理大學大禮拜堂塔頂俯瞰，理學堂大書院景觀。

進入眞理大學校園內，向左走，穿過花園，便來到現在作爲校史館使用的理學堂大書院。

清朝時，學生坐在臺下，馬偕站在講臺上課的視角。

想像當年馬偕站在這裡，面對有氣窗的牆面，向著臺下的學生上課。

約一八七〇年代，馬偕及其助手替人拔牙。（國立臺灣大學圖書館數位典藏館提供）

約一八七〇年代，馬偕帶領理學堂學生戶外教學。（國立臺灣大學圖書館數位典藏館提供）

一八九三年，馬偕與學生在理學堂前留影。（國立臺灣大學圖書館數位典藏館提供）

一八八二至一八八五年間，馬偕在理學堂大書院內上課。（淡江中學校史館提供）

・馬偕首開新式教育風氣・

馬偕在書院教授西方現代知識，引入先進的設備與教具，親自示範如何使用顯微鏡觀察生物，用幻燈片講解教學內容，並開放自己的書房，將累積多年的收藏供學生作爲研究資源。課堂之餘，也會爲學生介紹教會歷史、合唱詩歌，或是去戶外教學，前往海邊觀察海洋生物，在課程設計上彈性而豐富，首開臺灣新式教育之先鋒。

・圓拱窗，透神性・

在窗戶的設計上，馬偕採用嵌有西方教堂式彩色玻璃的圓拱窗，透光以展現神性，而玻璃下方的木製百葉窗，則有類似窗簾遮光、擋風、抗噪等實際功能。建築上的設計，在在體現出理學堂大書院不僅是一間教授現代知識的學堂，更是一間帶有宣教色彩的「神學院」，其目的是培養出在地優秀的宣教人才。

・女兒牆下有四合院・

馬偕設計理學堂大書院，兼融了本土化與西化的建築風格。其本體爲傳統四合院一正身、兩護龍的格局，屋頂的前簷，又稱「女兒牆」，所謂女兒牆即因女子身形較小適用此種矮牆而得名，帶有中西合璧的風格。

·象徵渡海來臺的浪花石雕·

一八七二年，加拿大第一位海外宣教師馬偕博士，歷經長途跋涉終於上岸淡水，到達他的教區。宣教期間，他亦積極推動教育，在淡水親自設計與督造理學堂大書院，於一八八二年竣工並開學，成為全臺第一座西式學堂，首開北臺灣之教育風氣。而書院右護龍山牆上刻有形似浪花的白色石雕，象徵著當年馬偕乘船渡海來淡水的意象。

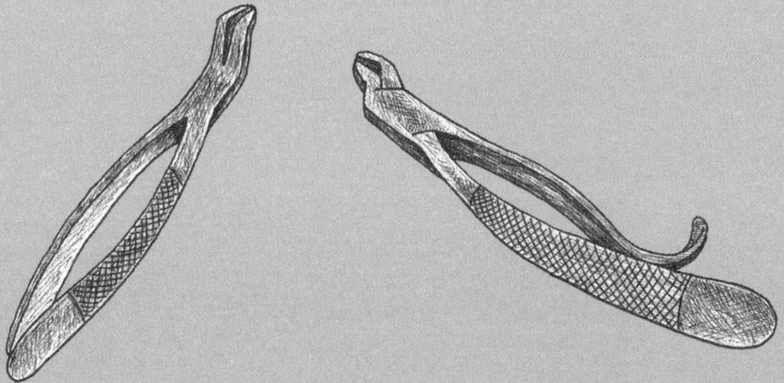

·傳教兼拔牙、治病·

自十九世紀起，基督教傳教士陸續進入東方傳教，他們大多會從母國攜帶現代醫療用品進入教區，正如馬偕的主業雖是牧師，來臺之初亦透過看診、拔牙、治病，以此拉近與本地人的距離，此插畫為馬偕使用的拔牙器。理學堂大書院建成後，馬偕不只關心學生們的課業，也很照顧他們的身體健康，當有學生牙痛或生病時，他會現場替學生即時治療。

李騰芳古宅

李騰芳古宅，又稱李舉人古宅、李金興古宅，位於桃園市大溪區。清朝乾隆三十五年（一七七〇年），李家開臺祖李善明從福建漳州來臺，最初登陸臺南，初居楊梅，後遷至大溪小角仔定居；李善明第五子李先抓至月眉開墾，其子李炳生以屠宰業起家，後經營米糧生意，立下殷實的家業基礎，家號「李金興」。而李炳生三子李騰芳，本名李有慶，於清朝同治四年（一八六五年）中舉，大溪的地名也因其科舉登第的功績，由原先的「大姑陷」改爲「大科崁」，後來再改爲「大嵙崁」，盛名遠播。

清朝同治三年（一八六四年），李騰芳之父李炳生建成宅邸，由於李家人來自漳州詔安，建築形式爲典型的詔安客家建築。在宅第方位上，坐西向東，有別於大多數閩南式建築坐北朝南或坐東向西；在建築格局上，以四合院爲基礎，向前延伸出兩道護龍，構成包圍外亭的三合院；在空間的布局上，整體高度依「由後至前」、「由內至外」、「左尊右卑」的形式漸次降低，遵循儒家的尊卑秩序。

李金興家族深耕於大溪，具有重要的經濟、政治與文化地位，與在地歷史密不可分。而李騰芳古宅作爲兼具客家與閩南、民宅與官宅特色的住屋，不僅富有建築精細之美，被列爲臺灣十大傳統民居之一，更承載著清朝臺灣的常民生活型態與文化。

李騰芳古宅全景。（黃建義提供）

李騰芳古宅

●地址：桃園市大溪區月眉路 198 巷 32 號

●開放時間：09:30~17:00，周一公休

張郅忻

新竹人，生於一九八二年。清華大學中國文學系碩士、成功大學臺灣文學系博士，曾獲金鼎獎、臺灣文學金典獎等獎項。著有散文集《我家是聯合國》、《我的肚腹裡有一片海洋》、《孩子的我》、《憶曲心聲》，兒少小說《館中鼠》，長篇小說《織》、《海市》、《山鏡》及《秀梅》，以及研究專書《重寫與對話：臺灣新移民書寫之研究（2004—2015）》。

以屋讀人：大溪李騰芳古宅

李有慶備妥行李，走出宅邸，準備搭船奔赴福州應試。他回望這座宅子，想起了父親。

咸豐六年（一八五六年），四十三歲的他考中秀才[1]，父親李炳生極為歡喜，有了蓋大宅的念頭。咸豐九年（一八五九年），父親為他捐得貢生。並於隔年與兩位叔叔都生及振生一同建造公屋大宅，供三大房子孫居住。

大宅建造期間，有慶跟隨父親在上街的李金興公店居住[2]。可惜，振生叔叔與父親都未能等到大宅落成就仙逝。這段期間共舉辦兩次鄉試[3]，他都未參加。直到同治三年（一八六四年）的甲子科，才終於下定決心報名參加應試。這一年，由父親李炳生建造的大宅正式落成。有慶感到一切水到渠成，孰知卻傳來甲子科因為太平天國肆擾閩粵停辦的消息。

究竟要延期多久？大家心裡沒有底。

這年，有慶已五十一歲。他在大宅旁的奎壁聯輝書屋讀書，讀累了就散步至牆外的半月池畔，他喜歡看孩子們在池塘、圳溝嬉戲。從前讀書，多少乘載父親的期許。他跟父親同樣排行老三，父親對他期許特別深，也特別寵愛，從不強迫他跟著學做生意，只要他安心讀書。這座宅子雖然說是為了供三大房子孫居住所建，但也可以說是父親為他而建。

隔年六月，氣候逐漸炎熱，宅子因為半月池和四周種植的竹子、果樹，涼風從池子而生，在大宅間穿梭。有慶坐在書屋讀書，一陣腳步聲傳來。

「阿公，大人[4]派人傳話，今年甲子科要舉辦了！」長孫跑來書房，報告甲子科的消息。

「有確定了？」

「有！有！」

「愛趕緊來準備了。」

五十而知天命。一股清涼之風從窗外吹了進來，五十二歲的有慶感應到這一次前往福州對他的重要性。

從家宅往大漢溪行去，約莫十來分鐘。長年在李家做事的長工隨行，幫忙提行李。有慶坐上烏篷船順流而下，半日就能抵達淡水。清風拂來，溪水滔滔，船隻繁忙，有的船身寫著「金興」二字。「金興」是由父親李炳生創立，父親經營米業，有船來往淡水和大溪。據傳鶯歌土匪盤踞，唯獨不搶金興的船。這都要歸功於父親的大肚量。父親賣米，不但厚道且公道，一般用斗量米，都要用手推平，父親卻從不推平[5]，甚至準備午餐給前來買米的人客。宅子裡的灶下窗戶，窗格是橫擺的，最後一層留的空隙最大。煮完飯後，多餘的菜餚會放在碗公裡，從這窗口遞出去，供沒錢的鄉民來吃。父親常說：「你阿太來臺灣，做挑工、賣豬肉，受到許多人幫忙。這下有能力了，也愛照顧別人。」有慶謹記父親的教誨，他望向兩側山頭，若非不得已，誰又願意上山當土匪。船行過鶯歌，再不多久，淡水港就到了。

有慶下船，搭上更大的船隻前往福州。海象凶險，有慶出發前，特意到公媽廳拜祖公祖婆，祈求一路平安。船隻抵達福州，疲累的有慶住進福州的客棧。客棧的房間比家裡的臥室還大，但有慶仍懷念著月眉宅邸的八腳床。住了幾日，搭船的疲憊感才稍緩解。

「頭家，毋好了，聽講有臺灣來个船翻忒了。」

「阿彌陀佛。」有慶替罹難的人默哀[6]。他們這些來自臺灣的讀書人，要考取功名得先渡過黑水溝。

讀書的心情也受了影響，有慶打算上街走走。街上大多的人說的是福州腔，他說的是詔安客語，在臺灣，說詔安客語的人不多，他早已適應在不同環境轉換不同的語言。路邊有一攤麵店，想起中午尚未用餐，便坐下來點了兩碗麵。

「該兜從臺灣來考試个讀書人，正經卡歪所[7]！」長工哀嘆道。

「借問你是臺灣來的嗎？」一個穿著舊布衫的男人走來，客氣地問道。「我聽到這位大哥講到臺灣。」

「是啊，我是月眉來的。我的名叫做李有慶，字香閣。」有慶親切地回應道。

「原來是香閣兄，久仰大名。我是艋舺來的，叫做蘇袞榮[8]，字子褒，正欲找住的所在。毋過，福州的客棧攏貴參參。」蘇袞榮嘆了一口氣說。有慶見他身上的衫褲有些補丁，臉上盡是風塵僕僕的疲憊。

「子褒兄，我有一個建議，看你欲來我住的客棧無？住的部分我來想辦法。你就好好讀書準備考試。」

「這……好，感謝香閣兄的大恩。」蘇袞榮雙手合十、鞠躬，臉上盡是感激之情。

「大家同鄉，本來就要互相幫忙！」李有慶拍拍蘇袞榮的肩膀。

李有慶為蘇袞榮多租一個房間，讓蘇袞榮在異鄉得以安心讀書。

終於來到應試這天，李有慶進入號舍[9]，拿到試卷後，奮筆疾書。在奎璧聯輝書房這些日子讀過的書卷，皆化為筆下行雲流水的文字。

放榜的日子到了，所有讀書人站在堂外等候，人聲鼎沸。榜吏每次寫下一人的名字，場外鼓譟，如亂兵之入城，如夕鴨之歸林。李有慶與蘇袞榮也站在堂外從早上等到下午。

第二十一名，李有慶。當榜吏寫到李有慶之名，蘇袞榮大聲恭賀道：「恭喜香閣兄！」隨即又垂下頭來，滿面愁容，想是為自己尚未中舉而煩憂。

「毋通灰心喪志，猶未結束啊。」聽了李有慶的鼓勵，蘇袞榮再度燃起小小的希望。

第三十七名，蘇袞榮[10]。

天光漸暗，李有慶見到蘇袞榮的名字，大聲喊道恭喜。蘇袞榮不敢相信自己中舉，竟當眾抱著李有慶大哭。

回到臺灣，蘇袞榮感念李有慶對他的照顧，特意寫了四幅七言詩，致贈給李有慶：

翩翩桂籍共登僊，領袖文壇竟占先。氣度沖和歸大雅，喜華磊落紹前賢。
破荒有志欣聯轡，摩壘同心幸著鞭。自是奎垣星聚處，霓裳眾詠大羅天。

國典光榮此願償，笙歌鼎沸滿高堂。群知邁種承先澤，自合登賢占一鄉。
竹筍茁林都美陰，棣華韡韡儘含芳。況兼玉樹森森立，積德而今卜必留。

乘風破浪上舟楫，七載論文靚面遲。作客叨懸徐孺榻，貸屋共下董生幃。
又通藻采鋒原銳，叔度汪洋數豈奇。等是瀛東秋試者，祇先一著得便宜。

猶記成名榜未開，雲泥對面獨憐才。多君喜脫囊中穎，許我奇逢爨下材。
酒飲青蓮曾繾綣，舟遊赤壁復追陪。鵬摶並上相珍重，蹄里看花得意回。

蘇袞榮於詩中寫下兩人赴試經過，以及對李有慶的感謝之情。有慶十分喜歡蘇袞榮所寫的詩，將四幅詩作掛在正廳左邊。他看著正中央的牌位，心想：父親若見，想必也會感到欣慰。

※

李騰芳古宅的正廳於同治元年（一八六二年）建成，名為「肇慶堂」，奉祀李家歷代祖先神位、陳列太師椅，作為祭祖及議事空間，距今已有一百六十餘年。右側牆上原放著由蘇袞榮親手所寫的四幅詩作，因歷經多年，毀損不堪，後由李家後人呂傳琪重新謄抄舊詩於牆面[11]。站在門外的我，不停往門內張望，想透過這四首詩，多理解這座古宅的主人翁——李有慶。

李有慶，中舉後賜官名騰芳。

同治三年（一八六四年）整座大宅正式落成，因李家獲得五品「奉政（直）大夫」的榮銜，名之為「大夫第」，由李騰芳親自題寫匾額高掛門楣。次年（一八六五年）騰芳中試文舉人，更於正廳掛上「文魁」匾、外埕立高聳入雲的旗杆，升上舉人旗，成為名符其實的士大夫官宅。李騰芳中舉卻不任官，返鄉繼續讀書、生活。奎壁聯輝書房則打造成私塾，聘請名師，讓李家的後代細人方便讀書[12]。

在這座舉人之宅裡，處處充滿李家細倈光宗耀祖的證據。身為客家細妹，我對宅邸裡的女性空間感到好奇，比如主人房八腳床前的踏階，據說是舊時女子裹小腳，起床後需要在床邊纏裹腳布。舊時總是聽說，客家女子不裹小腳。如連横《臺灣通史．風俗志》云：「漳泉婦女大都纏足，以小為美。三寸弓鞋、繡造極工。粵人則否，耕田力役無異男子，平時且多跣足。」然而，這大概是指勞動婦女，在大戶人家李家中，還是有裹小腳的習慣。

李騰芳古宅的牆十分厚實，大溪原為多族群共生之地，四周山上居住著原住民，又有閩南人及客家人，各族群之間不時有衝突。這座古宅在必要時，也需成為保護李家人的堡壘。正廳旁的主人房，面對中庭之處有一扇窗，據說丈母娘會躲在窗後偷偷觀察前來求親的細倈。

細妹人最常待的莫過於灶下[13]了。李家的灶下有兩口灶，灶邊有一扇窗。窗的下緣開口較大，李家會用盤子裝盛飯菜，從窗口遞出去給需要的人。灶下角落牆壁內凹之處，放著幾個茶箍。對當時的細妹而言，灶下不僅是煮食之處，忙碌整日後，她們會在這裡用煮沸過的水擦澡，擦去汗水與疲憊。

走出灶下，通往後門的廊道旁，有間小巧的半開放空間，三面有牆，牆邊放著長板凳。從前的細妹人會在這裡挑菜、打嘴鼓，是整座大宅裡細妹人聚會的空間。就像當時的細妹人一樣，我坐在長板凳上，感受著穿堂而來的涼風，細細感受從半月池走來的每一寸風景。

1——李騰芳於咸豐六年（1856）四十三歲時，由臺灣道裕釋（字子厚，滿州鑲藍旗人，咸豐四年七月四日—咸豐八年十二月一日任）取進臺灣府學為附生，即中了秀才。由童生考秀才尚需分級，一為縣考（四場至五場）；二為府考；三為院考，通過之後才是秀才。參見中原大學建築研究所歷史與理論研究室，《桃園縣二級古蹟李騰芳古宅修復研究》（桃園：中原大學建築研究所歷史與理論研究室，1987），頁30-37。

2——李金興家族最早由李先抓（1762-1801，即李炳生之父）於乾隆末年遷居月眉（今大溪區月眉里）開墾。乾隆五十三年（1788），李先抓就已經以「李金興」名號，與林本源、黃新興、黃明漢及衛阿貴等人，合資開闢粟仔園經員樹林，通往龍潭的道路。到了嘉慶年間進一步向墾戶謝秀川給出大料崁上街地基入墾（即上街70、72番地，現中央路99號鄰街之兩側），隨著先抓及其三子李炳生（1793-1862）、李都生（1799-1866）及李振生（1801-1861）所經營的「金興」號米穀運銷生意日漸興盛（一說為菁染業），遂於上街159番地建築店鋪，日治初期本案土地登記於「李崇台公」之公業，俗稱「李金興公店」或「金興公店」。參見國家文化資產網李金興公店：https://nchdb.boch.gov.tw/assets/overview/historicalBuilding/20210322000001。

3——指戊午（咸豐八年）及辛酉（咸豐十一年）兩次鄉試。

4——這裡指的是臺灣道丁曰健，他於同治四年六月二十八日收到撫臣徐宗幹閏五月初六日抄摺，方知閩督左宗棠、學臣曹秉濬，準備於九月間補行甲子科。中原大學建築研究所歷史與理論研究室，《桃園縣二級古蹟李騰芳古宅修復研究》，頁30-37。

5——有關李炳生事蹟參見許雪姬的歷史研究。參見中原大學建築研究所歷史與理論研究室，《桃園縣二級古蹟李騰芳古宅修復研究》，頁28。

6——臺灣士子聽聞甲子科考試的消息莫不急急趕到福州，其中府學附生黃秉奎，彰化縣廩生等四名，卻遭到海難而殞命。參見丁曰健，治台必告錄，收入沈雲龍編，《近代中國史料叢刊（第七三八號）》（臺北，文海出版社），頁537。

7——正經卡歪所：客語，詔安腔。卡歪所，可憐。全句意為「真是可憐」。

8——蘇袞榮，字子褒，艋舺頂新街（現臺北市萬華區西昌街）人，原籍晉江。同治元年（1862年）恩貢。

9——開考前，每名考生獲分配貢院內一間獨立考屋，稱為「號舍」。開考時，考生提著考籃進入貢院，籃內放各種用品，經檢查後對號入座。然後貢院大門關上，三天考期完結前不得離開，吃喝拉撒睡都得在號舍內。

10——蘇袞榮與李騰芳同年於同治四年（1865）中鄉試，授內閣中書，以親老辭歸。適同知陳培桂修《淡水廳志》，聘任採訪。與陳維英、張書紳、林耀鋒等人，合稱淡水五子。並協助臺灣詩鈔之採輯。

11——呂傳琪（1895-1938），字鈞璜，出生於明治二十八年，卒於昭和十三年，享年四十四歲。畢業於臺北國語學校，後執教於大溪公學校，並創設「育英書塾」教授詩書經傳等漢學，又聯合學生及同好創立「崁津吟社」積極提倡詩學。呂傳琪的父親呂建邦是李騰芳的外甥，李騰芳中舉以後被招集在李家幫忙打點庶物。參見賴俊雄（2013.5）。〈李騰芳古宅內呂傳琪的壁書四屏〉。《中華書道》，80，頁15-19。

12——李家設立書田，利用位於桃澗堡大湳的田業租谷經費，於公厝內設置書軒一所，延聘名師教育子侄，若子孫赴府院試、赴省鄉試或赴京會試也提供車馬費，高中文武秀才、舉人、進士獎賞花紅銀。

13——灶下：客語，廚房。

李宅前有一座形如半月的水池，稱爲「半月池」，在傳統民宅中有積聚生財的風水用意。

李宅入口，門樓上的題字爲「翠列流環」。

古宅外觀以紅牆黑頂爲主，白牆爲輔，同時表現閩南式建築常用紅磚與客家建築黑瓦白牆的特色。

正廳門上懸掛題有「文魁」二字的牌匾，爲李騰芳中舉後獲賜的牌匾。

·有德便能司火，無私自可達天·

李家來自漳州詔安，爲客家人，李騰芳古宅既有官宅的形制，也有客家建築的部分特色。在客家文化中，廚房是女性的天地，家中通常有拜灶神的習俗，而李騰芳古宅的廚房牆面凹處也設有敬拜灶神的神龕，但比一般客家族群家中的神龕來得大，體現大家族對於原鄉信仰的重視度。

·我家是舉人宅·

位於桃園大溪的李騰芳古宅，又稱李金興古宅，「李金興」乃李騰芳之父李炳生經營米穀買賣生意所創立的商號，古宅於一八六四年宅邸落成，隔年逢李騰芳中舉。古宅外埕可見一對「旗杆座」，夾杆石上刻有李騰芳中舉的年代、科別與名次，石座上則刻有精緻的浮雕；過去清朝舉人在家時，會用「升旗」表示舉人在家。

·燕尾脊下飾金蟾·

燕尾脊，是形如燕子尾巴的屋脊造型，外觀華麗精細，常見於舉人宅，一般百姓則普遍使用較爲樸素的馬背脊。李騰芳古宅共有六對燕尾，其中最具特色的是門廳旁落鵝間的蟾蜍裝飾，是全臺較罕見的「登蟾宮」，代表著「劉海金蟾」的典故，以及過去俗稱科舉中第爲登蟾宮，以此顯示李騰芳登第的功績。

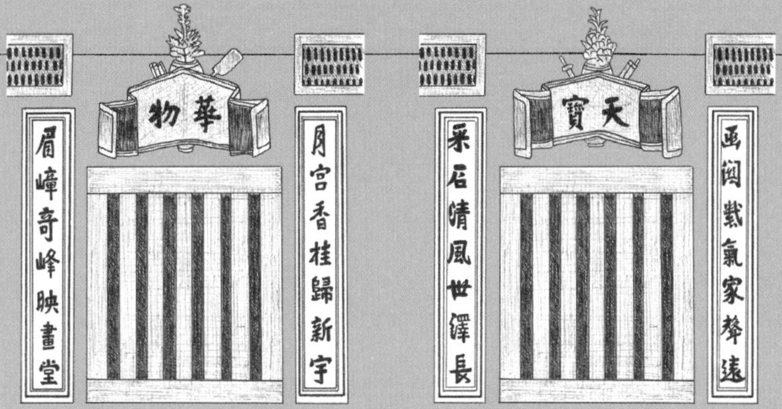

・物華，天寶・

古宅門廳前廊有一對石櫺窗，是宅中最華麗的窗戶，分別題有「物華」、「天寶」二字，出自初唐王勃《滕王閣序》中所寫的「物華天寶」，意爲萬物的精華、上天的寶物。物華之右聯爲「月宮香桂歸新宇」，左聯爲「眉嶂奇峰映畫堂」，而天寶之右聯爲「函關紫氣家聲遠」，左聯爲「采石清風世澤長」，顯示著李宅的文教之風。

・南瓜多「籽」・

古宅正廳採用抬梁式木構造，以華麗的「三通五瓜」作爲建築構造與裝飾，兼顧實用性與美觀的雙重功能。所謂三通五瓜，是以三根通梁、五個瓜筒所組成，通梁用以承重，瓜筒的造型則取自南瓜多籽的諧音，有瓜瓞綿綿、多子多孫的寓意，常見於宅邸門廳或廟宇正殿。

金廣福公館

金廣福公館，俗稱金廣福大隘，位於新竹縣北埔鄉，爲北埔姜家所有。清朝乾隆二年（一七三七年），姜家開臺祖姜朝鳳及叔伯兄弟多人，自廣東惠州渡海來臺，定居於竹北；到了第四代姜秀鑾，擔任竹北的九芎林庄總理，清朝道光十四年（一八三五年），奉命與新竹地區的閩籍總理共同設立武裝拓墾組織「金廣福墾號」，用以防番與拓墾，並以姜秀鑾爲金廣福墾號之首，其拓墾範圍落於新竹大隘地區，意即今日的北埔鄉、寶山鄉、峨嵋鄉等地。而金廣福的「金」字取多金發財之意，「廣」代表廣東，「福」則是福建，象徵著當時閩、粵兩籍難得合作的情景。

金廣福公館的建築空間在歷代各有不同功能，起初，在清朝作爲墾隘事務的指揮中心及行政辦公處所，因此在建築的設計上，會有「銃孔」等防禦性設施；到了日治時期，金廣福曾充作日本長官的辦公室及宿舍；直到戰後，金廣福才又歸還給姜家人，供自家族人居住。而這座建築物也是全臺唯一倖存的公館，具有珍貴的歷史意義及特殊性。

北埔姜家爲新竹著名家族，也是臺灣客家族群中具有代表性的家族。姜家後代眾多且人才輩出，主要分爲「老姜」與「新姜」兩支派系，老姜一脈乃姜秀鑾以降的姜家後代，新姜一脈指的則是姜秀鑾之弟姜秀福的後代——姜滿堂。姜家歷經各個歷史時期，對新竹地區之政治、經濟及教育層面具有相當的影響力，而金廣福則是姜家起家的關鍵起點。

金廣福公館正面，利用當地所產砂岩築牆基。

金廣福公館

●地址：新竹縣北埔鄉中正路 6 號

●開放時間：預約制

張郅忻

新竹人，生於一九八二年。清華大學中國文學系碩士、成功大學臺灣文學系博士，曾獲金鼎獎、臺灣文學金典獎等獎項。著有散文集《我家是聯合國》、《我的肚腹裡有一片海洋》、《孩子的我》、《憶曲心聲》，兒少小說《館中鼠》，長篇小說《織》、《海市》、《山鏡》及《秀梅》，以及研究專書《重寫與對話：臺灣新移民書寫之研究（2004-2015）》。

從未建成的牌坊，回望金廣福

光緒十一年（一八八五年），清廷命劉銘傳以「巡撫銜督辦臺灣軍務」。是年九月，劉銘傳抵達臺灣。劉銘傳為使臺灣財政獨立，增加稅收為其首要方法，在土地稅上，一方面「力裁業戶」，一方面實施「裁撤隘丁」，隘糧歸官政策。在此一政策考量下，墾戶首、隘首成為打擊對象[1]……。

「隘首向來藉公肥己，抽收隘租，所養隘丁，多係自家墾丁，勒派地方完租，武斷一方。」劉銘傳在書房寫下這些字句，臺灣沿山的墾戶占據當地地方資源，這一次他必然要將他們的權力收回。幾年前，他因薦舉非人而遭受革職處分，這次光緒皇帝讓他來擔任臺灣巡撫，重新重用他，他不想讓皇帝失望。面對地方擁兵自重，他可是最了解的。曾經，他也擁有兩萬兵馬，號稱「銘軍」。正當劉銘傳沉浸於過往帶兵打仗的回憶時，外頭傳來急促的腳步聲。

「大人，金廣福聯合沿山各墾戶來報！」

「金廣福」這三個字挑動了劉銘傳敏感的神經，金廣福是竹塹東南山區一帶墾戶的領頭[2]。

「進來！」

屬下低著頭遞來一封信。劉銘傳打開信封，只見上頭寫著：「沿山墾隘係稟官給戳，自行招股津鋃，披荊斬棘，設隘防番，以極力墾成之隘……。」

「放肆！」劉銘傳將信重重壓在桌上，怒道：「姜家作為金廣福粵籍墾首，帶頭作亂！說什麼隘丁若撤除，勢必造成『生番』出擾。分明是漠視官府之命！」

竹塹東南山區，名叫北埔的聚落，有間大宅子，白牆黑瓦，樸拙大器。一個年輕的男人在金廣福公館的正廳裡來回踱步，此人正是金廣福第四代墾首姜紹基[3]。他自小跟著父親穿梭在金廣福公館，看著父親埋首墾隘之業，輪到他當墾首，卻被新來的巡撫裁隘。難道姜家四代墾隘積累，就要斷送在他手中？他吞不下這口氣，所以寫信上報巡撫。

「頭家，毋好了！」一個人急急從前門走來。

父親在世時，總提醒他牢記這些人的長相、耕地，人還未入門，姜紹基即認出來者是在南埔庄開墾的徐丙望，他的兄長徐阿苟在金廣福界內的新騰坪耕種過活。

「徐大哥，仰般？」

「頭家，你愛摎偃兜做主啊！」徐丙望流著目汁，一臉憤慨。

「你好好講。」姜紹基讓徐丙望坐在一旁的木椅上。

「偃哥分番仔[4]……頭那[5]就無了……。」

「仰會恁樣？」姜紹基十分震驚，他聽聞阿太[6]姜秀鑾來北埔開墾時，跟當地賽夏族打過多次戰役，雙方死傷逾百人。經歷多年耕耘，這種事已不多見，怎麼突然又發生這種事。「哎！全係麼个裁隘，佢來再過寫信報告，佢毋信這下有人死忒，還無要無緊！」

「紹基啊。」

「大頭家娘！」大家畢恭畢敬鞠躬，走來的正是紹基的母親、第三代墾首之妻姜胡圓妹。

「佢知大家當閼又傷心，毋過這件事情最好還係慢慢來啊！」

「阿姆，事情就變恁樣了，佢再過毋出聲，仰般服人啦！」

看著年輕氣盛的紹基，姜胡圓妹緊皺眉頭，在心肝想：「這擺莫出麼个事情正好。」

劉銘傳正在巡撫衙門內辦公。夜深人靜，正是思索政務最佳時候。他自問來臺擔任巡撫以來，盡忠職守，遠在北京的皇帝也看見了吧。他翻到一封奏摺，上頭寫著金廣福。

「又是金廣福！」劉銘傳不耐地打開奏摺，看著上頭陳述「新藤坪尚無勇兵把手，生番連日猖獗，居民難免受其荼毒」，又寫著「呈請官府派撥精選勇丁駐防堵禦，否則佃民惶恐躲避紛紛」。劉銘傳一氣之下，將奏摺摔在辦公桌上。他愈想愈覺得事有蹊蹺，這分明是姜紹基居中撥弄，搞出這番風波。

劉銘傳立即在奏摺上批示：「不意前墾戶姜紹基，年輕浮躁，因裁隘懷恨撫番人員，一聞化番殺人，喜不復寐，百般播弄，邀約該民人赴縣控告，捏稱金廣福墾地埔園撥草，任意牽扯挾制營縣，為隘稱租，緩宕地步，居心實不可問……總之姜紹基以裁隘為不樂之事，遇事生波，希冀將來死灰復燃[7]。」

「大姊，這下仰般好？偓聽人講紹基寫該信，分劉銘傳罵着當難聽。下二擺姜家愛仰般在這生活下去？」姜宋松妹一副憂心忡忡的樣子。

「哎，偓講過了，你也知紹基个性子。」

「大頭家娘！」一個微駝著背的細倈人行來。他從前是榮華的心腹，現在仍在公館幫忙紹基。

「二頭家娘！」細倈人看見姜宋松妹，點頭示意。

「發生麼个事情係無？」姜宋松妹起身擔憂地問。

「金山該位打起來了！」

「你慢慢講，麼誰摎麼誰打？」

「番仔摎該位耕田个人。聽講打着官府也無法度。」

「官府也無法度？」姜胡圓妹想了想說：「去尋轎仔來，偓去金山。」

經過半日轎途，姜胡圓妹抵達金山，這一路上她都在思索該如何解決這個問題。怎麼樣可以讓官府滿意，讓墾戶滿意，讓山頂的人也滿意。轎子停下，姜胡圓妹走出轎外。

「大頭家娘，你愛摎偓兜作主，加派一兜人來。」前來迎轎的是這裡的墾戶。

「偓問你，偓來買你兜个地，你兜愛幾多錢正肯賣？」

「大頭家娘，這地你買去，侄兜愛去哪位耕田？」

「你毋須愁，侄會安排其他離山頂較遠个地方。」

「承蒙頭家娘！」墾戶跪在姜胡圓妹前方。姜胡圓妹趕緊伸手將他扶起。

「你去摎這山頂个人講，這地還佢兜。毋好打下去了。」姜胡圓妹對隨行的長工說。金廣福的長工裡，大多是客家人，但也有少數住在附近的賽夏族人。賽夏族人能說泰雅語，去向金山山頂的泰雅族人說明來意，表示願意歸還土地，這場風波總算平息下來。

新竹縣知縣方祖蔭將姜胡氏樂捐買地歸還之事，申請巡撫劉銘傳批示。

「姜胡圓妹。這女人不簡單。」劉銘傳在奏摺上批示准予照例請獎：「據申已悉。候選縣丞姜紹基之母姜胡氏捐買大坪、長坪、九芎坪等處地畝歸還番業，以免民番爭地仇殺，實屬尚義樂輸，應准照例請獎，並先由本爵部院給予『尚義可風』匾額，以示獎勵。」

公文過海北傳，光緒十三年（一八八七年），光緒皇帝硃批准建姜胡氏「急公好義」坊。公文幾番周折抵達金廣福，姜家奉命自行籌措購買石材。材料尚未購置完成，姜胡圓妹便仙逝，年五十七。姜胡圓妹逝世兩年後，姜紹基亦因病逝世，年二十八。

為姜胡圓妹蓋石坊的石材依舊堆放在原地。

※

多年過去，從清朝、日治時期到國民政府來臺後，花崗岩石材一點一點被人搬去。唯獨在金廣福公館的中庭裡，保留其中一根當年的石材。我站在石材前，遙想這段過往。告訴我們這段故事的正是姜紹基的曾孫姜博文，他看著中庭斑駁的石材笑說：「因為我祖父（姜家第五代姜振乾）喜歡養蘭花，叫人把石材裡比較長的那一根搬來，當作蘭花臺。才留下了那一根，其他都被人搬走了。」仔細一瞧，會發現石材兩端擺著兩個「請勿踏坐」的小牌子。一般途經此地的人們恐怕難以明白這平放於地、灰中帶紅的花崗岩，有這樣一段過去。

走進大廳，正面放著北埔開山祖，金廣福第一代墾首姜秀鑾的畫像，左右兩側分別是第二代墾首姜殿邦、第三代墾首姜榮華。身穿清朝官服的三位金廣福三代墾首，武功赫赫。姜博文說，姜家老屋還留著姜殿邦昔時練武用的舉石。「這裡以前是辦公室，但樣子已經不可考。」姜博文先生環顧著正廳說。正廳放著老式桌椅，並非金廣福公館最初的模樣。只能憑藉著畫像上身著官服的人物，揣想族群相爭的過去，金廣福公館對於來此開墾的漢人而言，扮演著關鍵的角色。

畫像裡三代墾首炯炯的目光，曾見證一切發生。那麼第四代墾首姜紹基的畫像呢？我環顧四周尋找姜紹基的身影。

「姜紹基因為生病，英年早逝，還來不及留下畫像，當時這裡又沒有照相機，也沒有留下照片。」姜博文指著正廳面向中庭門廳內梁上的匾額說：「只有留下這塊匾額。這是姜紹基在中法戰爭期間，奉臺北知府陳星聚命令，率大隘團練義勇到基隆，跟法軍作戰，獲得新竹知縣徐錫祉頒給『義聯枌社』匾。」

這塊藍底金字的匾額，左側清楚地寫道：「五品職員姜紹基立，光緒十年九月吉旦。」這一年，姜紹基二十二歲，立下戰功，英氣勃發。隔年，他就遇見被派至臺灣的巡撫劉銘傳，被裁撤實權。

後來，姜胡圓妹、姜紹基相繼離世。年僅十一歲同父異母的弟弟姜紹祖繼位，與母親姜宋松妹一同帶著姜家大小前行。

左側房間一張姜家的家族合照，是金廣福公館裡少見的家族合影。

「這是我們姜家的第一張家族合照，你們有發現這張合照有什麼特別的地方嗎？」姜博文指著照片說。

我趨前仔細看著照片，赫然發現裡頭只有女人與孩子。

這張照片拍攝於一八九八年，當家男人陸續離世，只留下老弱婦孺。居中的正是姜榮華的二夫人姜宋松妹，姜紹祖之母。兒子紹祖於三年前因抗日離世[8]，臺灣受到日本政府統治。相片中的她眉眼與嘴角皆向下垂，面色凝重。儘管已是日本統治臺灣，全家人依舊穿著舊時衣裳。但從衣服的質材、外觀，依舊能看出大戶人家的派頭。這張家族合照裡，姜宋松妹的眼神透露悲傷的氣息，以及對未來的徬徨。即使如此，照片裡的女人們依舊扛下家族存續的責任，帶著孩子們繼續往前走下去。

正廳另一側的房間放著兩張床，兩間房間打通，顯得十分寬敞。這裡一度作為穀倉，天花板也比另一側廂房更高。後閒置一段時間後，紹基之孫姜重枬因天水堂老屋子孫眾多，故帶著妻小遷居金廣福公館。

「我就是在這裡出生的。」姜博文看著房間笑著說。

由於作為房間使用，中間又做了隔間，一間是父母房，一間是他和妹妹的房間。這裡對他而言不僅是祖先辦公的處所，更是他曾經的家。

姜博文指著房間的吊瓦牆面說：「以前這裡塗上石灰牆面，不知道裡面長這樣。」原來，當初為了作為穀倉使用，房間四面裡層都是吊瓦牆，以防止水氣。待祖父遷居至此，又另外再做隔間。「如果不是地震，我們也沒發現這面牆裡面居然長這樣。」

跟隨姜博文先生走訪金廣福，在他侃侃而談地介紹與深情的目光裡，我感受到許多跟從前參訪古蹟不同之處。這裡曾是墾戶討論事情集會的處所，發生過大大小小不同的戰役[9]。同時，這裡也是他出生、長大的地方。每一個房間、每一塊磚瓦、石材，都承載著層層疊疊的回憶。

1——有關劉銘傳來臺後，清朝政府政策的轉變以及對姜家的影響，參見吳學明，《金廣福墾隘研究》（下）（新竹縣：新竹縣政府文化局，2000年），頁50-52。

2——金廣福第一代墾首姜秀鑾於乾隆四十八年（1783年）十月生於九芎林（今芎林鄉），後為九芎林墾首。北埔一帶原為一片樟樹林，是賽夏族的獵場。漢人侵擾傳統領域，造成原漢衝突。於是，道光十五年（1835年），淡水廳同知李嗣鄴先後諭令粵籍姜秀鑾、閩籍林德修、周邦正合組成「金廣福墾號」進駐北埔，以此為據點組成龐大墾拓組織，俗稱「金廣福大隘」，金廣福公館即為當時之隘墾總部及指揮中心。姜秀鑾為金廣福第一代粵籍墾首。姜殿邦（1808年-1870年）為姜秀鑾長子，三十歲時，由臺灣府知府熊一本取進臺灣府學，為粵籍武生之第一名。同治元年（1862年），戴潮春事件爆發，姜殿邦奉命率領義軍征討戴潮春。姜殿邦的兒子姜榮華（1832年-1877年），也跟隨父親參與平定戴潮春事件。

3——姜紹基（1862年-1889年），金廣福第四代墾首。

4——此處為符合當時語境，並無不敬之意。

5——頭那：客語，頭顱。

6——阿太：客語，此指曾祖父。

7——《淡新檔案》，編號17110-13。

8——甲午戰敗後，清政府割讓臺灣，姜紹祖（1876年-1895年）組織義勇軍參與1895年乙未戰爭抗日，在新竹城的攻防戰中與日軍激戰被圍，彈盡援絕不願屈降，最後服毒自盡，年僅十九歲。

9——金廣福的武裝拓墾與世居當地的臺灣原住民（賽夏族為主）正面衝突，雙方死傷無數。《樹杞林志》就提過「山內面橫截，建設銃櫃，與番血戰數十陣，隘丁戰歿無數，股內傾囊」的戰爭實況。在明治三十一年（1898年）臺灣總督府廢止「三段警備制」，建立地方警察制度之後，北埔警察署、北埔辦務署等均曾借用金廣福公館辦公。

打開金廣福大門，「義聯枌社」牌匾首先映入眼簾，是金廣福創立者姜秀鑾之曾孫姜紹基，清法戰爭率領大隘地區義勇軍協守基隆有功，獲新竹知縣頒此匾額以表彰其功勳。

中庭天井，遙想當年清朝、日治時期官員來往於此，戰後公館轉為住宅使用，姜家老人婦孺在此生活情景。

正廳門口，懸掛「金廣福」匾額與燈籠的複製品，內部空間則是昔日主要的議事場所。

戰後，金廣福歸還給姜家人，曾作爲民居使用，如今室內仍保留過去的紅眠床、衣櫃、椅子等家具。

一九六〇年代，金廣福門口。（國定古蹟金廣福公館提供）

一八九八年，姜氏族人在金廣福公館前合影，是姜家現存最老的照片。（國定古蹟金廣福公館提供）

・客家牆，穿瓦衫・

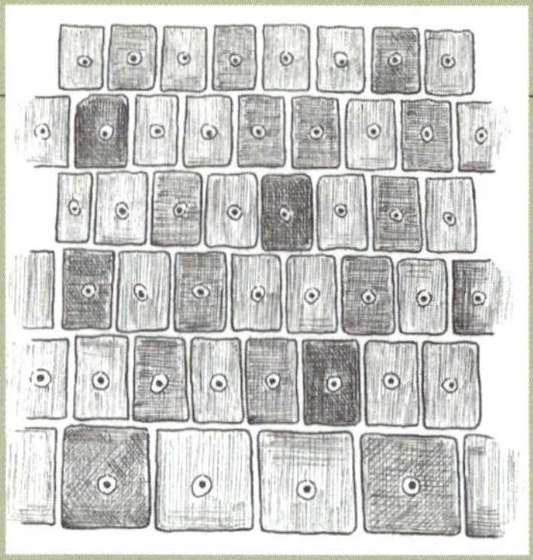

早期客家住屋多爲泥磚屋，爲了抵擋日曬與風化，會將泥牆刷上石灰，加一層瓦片，如同穿上衣衫的「瓦衫」，稱作「穿瓦衫牆」，客家人又稱「吊瓦牆」，此即「瓦衫屋」。有別於一般瓦衫屋將瓦片砌在建築物外牆，金廣福在日治時期曾充當穀倉使用，將內部房間的牆面砌上瓦衫，用以防潮稻穀。

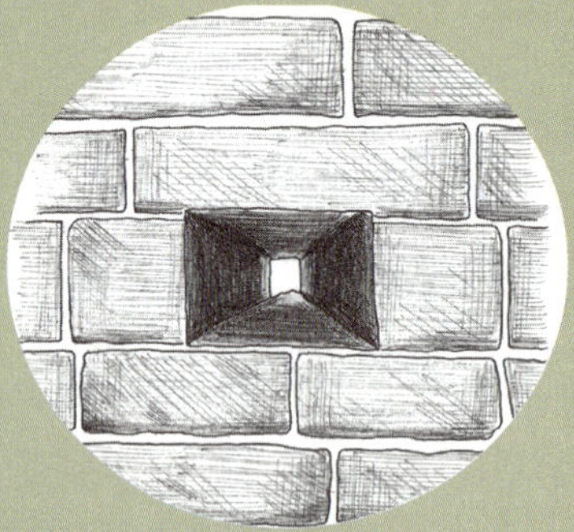

・銃孔，射擊於無形之中・

在清朝的城牆和堡壘等防禦建築，或是民間富戶的自宅中，經常會在牆面發現凹口與小孔，稱爲銃孔，又稱槍口、射擊孔等，其特徵爲外小內大，可以從裡對外開槍射擊，外面不易察覺其位置且容易防守。金廣福公館最初爲墾隘事務的指揮中心及行政辦公處所，因此也設有銃孔，保衛公館內部人員的安全。

・北埔拓墾家——姜秀鑾・

清朝道光年間，姜秀鑾受召與閩籍地方總理合作設立金廣福，其拓墾範圍遠及今日的北埔鄉、寶山鄉、峨嵋鄉等地，被譽爲新竹大隘地區的開山祖。北埔姜家後分爲「老姜」與「新姜」兩脈絡，其中老姜便是指姜秀鑾派下的子孫，新姜則是指姜秀鑾姪孫姜滿堂以下的後代，足見其對姜家之重要性。

·緣起閩粵合作·

金廣福公館位於新竹北埔，在清朝時是閩粵合股拓墾與防番的總部，稱爲「金廣福墾號」，俗稱「金廣福大隘」。館內正廳門上掛著一件「金廣福」字樣的復刻牌匾，其名稱由來，是以「金」字起頭，取多金、發財的意思，「廣」代表廣東，「福」則是福建，象徵著當時閩、粵兩籍難得合作的情景。

·「急公好義」之遺珠·

清朝光緒年間，艋舺富商洪騰雲建考棚的義舉受表揚，當年同案的人選，其實還有北埔姜家的姜胡氏，卽姜榮華之妻，因捐銀一千六百餘兩買回爭議土地歸還給原住民，平息了墾戶與原住民的爭執。不料戰後日本政府來臺，姜家來不及在清朝建成牌坊，建材因而棄置多年，後來只剩下一根石柱，曾被後代當作花臺使用，現擺放於金廣福。

進士第（鄭用錫宅第）

鄭用錫宅第又名進士第，位在新竹北門外北門街，建於清朝道光十八年（一八三八年），創建人鄭用錫是清朝建立臺灣府後首位臺灣本籍進士，宅第高掛「進士第」牌匾，有「開臺進士」、「開臺黃甲」之譽。

鄭氏祖先源自金門，建物的格局規劃以金門傳統縱深式民居爲藍本，缺右角間不對稱的格局與金門地區常見的五開間民居非常相近。正面入口退凹兩重，屋頂燕尾翹脊，拼花磚牆與螭虎漏窗做工細膩，顯見當年鄭家的社經地位。

竹塹北門鄭家是在地重要家族之一，清朝咸豐三年（一八五三年）臺北發生頂下郊拚，鄭用錫和臺北仕紳陳維英共同主持和解事宜，並撰寫〈勸和論〉，提醒臺灣百姓「以和爲貴」，勿分類械鬥。鄭用錫並會倡議修築石城、重修竹塹文廟、擔任明志書院山長、協辦地方團練、籲捐米糧賑濟外地等，不難看出他推己及人的社會關懷。

進士第第一落門廳，左側多一間爲其特色。

進士第（鄭用錫宅第）

●地址：新竹市北區北門街 163 號

●開放時間：預約制

徐禎苓

生於一九八七年。政治大學中國文學系博士畢業，現為臺北市立大學中國語文學系助理教授，專長為中國現代文學、臺灣文學、散文創作、採訪與編輯。曾獲林榮三文學獎，著有散文集《腹帖》、《時間不感症者》、《流浪巢間帶》。

歷史的裂縫在對人招手

「喂，你想進來看看嗎？」

說話的人背對路燈，燈下剪影枯瘦嶙峋，那隻樹枝似的手對我招了招。我定眼，男人穿著月牙色汗衫沐浴昏暗燈光裡，彷彿泛黃的古老照片，充滿著不合時宜。

我鮮少夜晚路過進士第，那天是為了宵夜滿美吐司而去。車停進士第對面，正好撞見進士第開門。我趨前一步，凝望藍底描金的「進士第」匾額。

十餘年前，我還是國中生，應著鄉土老師的回家作業，跑到進士第前拍照。身為新竹人，我卻是那時才第一次耳聞進士第。進士第，開臺進士鄭用錫的宅第。我已經忘記老師怎麼介紹建築美學，只記得家人騎乘摩托車滑過北門街最熱鬧的商鋪地帶，經外媽祖長和宮後，很快從大片水泥建築群中識得古厝。位址座落在人聲靜寂的北門外。

蠟燭紅鐵欄杆，欄杆鏽蝕，信箱郵件溢出，鐵門貼了幾張紅單。我退後幾步仰頭望，屋頂燕尾翹脊已經塌落，像張嗚咽落寞的臉。這裡真的是進士第？家人指了指鐵門上的大扁額，正是藍底描金「進士第」三個大字，儒風道骨挾著幾分驕矜恢宏，告訴我，不用懷疑，這裡就是。

「喂，你想進來看看嗎？」男人的聲音出現，將我拉回此時此在。

這些年進士第竣工修整，原來的紅鐵門與春聯拆卸，門口封住，工人搭起鐵皮蓋住整個宅厝。白日行經總聽得見裡頭敲打、機器運作的尖銳響聲。可是現在不是白天，能自由出入的，大概不是宅第後人，便是工人。看他的穿著打扮，應當是工人吧。

「別擔心，這厝是我起的。」

我沒有多想，點了點頭，尾隨在後。樹枝手推開半掩的大門，咿呀，木門發出酸澀響音。那一聲，我注意到斑駁的木門中央黏了小塊碎麻布。

「你說那塊麻布喔。」男人的指尖撫觸帶有細小格紋的布塊，告訴我：「這叫披麻。木頭不耐水和蟲蛀，我們通常會上漆防腐。你看，在這塊披麻刷上油、灰和豬血，當作黏著劑，加強防水。」

他掉頭走回屋宇，我們在一方天井裡同時停步抬頭。天空霧藍清朗，沒有雲，沒有星星，滿月低懸屋簷上。夜晚的進士第格外安靜，連風拂過也沒有絲毫聲音，我數度錯以為置身古畫裡。

「我已經很久沒看到這樣的夜景了。」

「你們現在已經不知道，以前啊，進士經常跟其他詩人聚在一起吟詩。」男人略歪著頭，從腦海中打撈吉光片羽，緩緩地說：「進士還創了竹城吟社，帶領竹塹的其他詩社也開始吟詩。」

男人口中的進士鄭用錫，是文人鄭崇和的第二個兒子。我從小聽大人講，鄭家在新竹富豪排行榜前十名。又說鄭家政商勢力龐大，尤其創立的商號，不只新竹據點，腳蹤遍及天津、上海、呂宋、新加坡等地。每次語畢，大人都留下一抹讚佩又欣羨的神情。

那只是一部分，鄭用錫書讀得頗好。年十有五志於學，他拜師王士俊。老師來頭不小，乃新竹拓荒者王世傑的五世孫，精通易學。鄭用錫和年紀相仿的堂弟鄭用鑑一起在鄭氏家廟對面的北壇水田福德宮讀書，資質聰穎也罷，土地公保佑也罷，總之兩人在同一年考上彰化縣學的生員。

出生書香之家，好讀書似乎不意外，但鄭用錫與父親鄭崇和在考運上截然不同命。大家都知道，父親鄭崇和能讀，卻怎麼考怎麼陪榜，後來捐獻大筆銀兩給朝廷，獲取監生身分。鄭用錫比父親順風順水多了，而立之年中舉人。

我打開手機裡的手電筒，順著男人指引的方向，正廳門上懸掛金箔牌匾，光束打在亮金處，細微的黃金分子熠熠閃光，像一片正在耀動的星海。

「考上舉人，廳堂就能掛上文魁牌匾。」男人說。

「牌匾底下有兩個漂亮的裝飾品，是什麼呀？」

「喔，你說那兩隻螃蟹啊。螃蟹是甲殼動物，取諧音，有登科的意思。」

五年後，鄭用錫跨海遠赴京城參加殿試，摘下進士，成為以臺籍編「至」字號登科的第一位進士。消息渡回臺灣，那不只屬於新竹鄭家第一人，根本是臺灣的「開臺黃甲」，恭喜聲堪比家門放的鞭炮，劈里啪啦不絕如縷。

「當時候中國流傳一句話：『臺灣蟳無膏』，笑我們臺灣蠻荒地，人民沒有文化。進士為臺灣爭一口氣。」男人笑了，我才注意到他的嘴巴空了兩顆門牙，只剩粉紅牙床，隱隱透著舌端末稍深不可見的黑洞。

黑洞吸附了什麼呢？

當我們看見別人最昂揚挺立的模樣，輕而易舉摘下榮耀。這份光榮裡吞吐著許多只有當事人才曉得的甘苦。成為進士之後，鄭用錫幾度回顧身後迢遙路，寫下「秋闈三度兩春明，計日看登萬里城」的詩句。原來他曾經三赴鄉試，兩次春闈。從新竹到京城趕考，行路遙遠，舟車勞頓，盤纏耗盡，就為著一次中舉的機會。等待受祿的心像孫悟空身上壓住一座山，能做的已經在試場上盡力發揮，出了闈場，你只能等，等上位者決定，祈求自己被上位者看見。何況中進士，在臺灣根本前無古人。能成嗎？不能成嗎？無法作主的事情最讓人難受，鄭用錫一定焦急不安吧，何況事情還沒有個底之前，什麼都難料，算命嗎？又說不準真的水到渠成還是翻盤重來。

幸好，「人羨開荒先得第，我慚摩壘獨搴旗。高堂白髮雙親在，贏得浮名慰所思。」這在鄭用錫的生命刻度中記上一筆，使他在人生七十的年紀裡不斷伸手摩挲的成就。他在詩中感激取得進士的瞬息，家鄉父母還健在，能共同分享喜樂，也算是盡孝道，過去吃的苦都值得了。

「但是呢，進士登科後，沒有適任可補的官缺，先回鄉等候缺額釋放。」男人說。

「他會失望嗎？」我睜大眼睛問。

「大概他更想為家鄉做點事情吧。」

我知道男人說的，是新竹城的建設。

新竹建城頗早，雍正十一年（一七三三年），原本以莿竹為城，卻因海賊蔡牽襲擾西岸沿海，莿竹防禦力太低，在嘉慶十一年（一八〇六年）時，大家動手動腳改成扎實土圍。不過風吹日曬作大水，土牆日久有損，等到道光六年（一八二六年），鄭用錫和同知李慎彝等人稟報上級改建新竹城獲准後，土城再度改建，這次換成堅固的石城。從施工到完工三年期間，鄭用錫親自督工。三年後，他接任明治書院的山長，作育英才。五年後，道光十五年（一八三五年），他終於進京當官，籤分兵部武選司，隔年補授禮部鑄印局員外郎兼儀制司。

看起來仕途光明的鄭用錫，能力好是一回事，江湖行走，人才是真正難題。獨在異鄉為異客，況乎又險惡官場，箇中滋味能與誰道？畢竟誰是敵誰是友，都還摸不清。嘴巴無法說，內心垃圾越積越多，不傾倒的話，人就被情緒活埋。多虧有詩，他必須寫，有沒有知心讀者是一回事，可是他一定要寫。

他低下頭，紙上浮現墨黑字跡，詩云：「兢兢誰自履，瑣瑣盡高冠，洗耳吾歸去，何如樂澗槃。」抒發誠實揭露公務體系的問題，官員們高高在上，像圈在塔裡，在自己的世界團團忙，只管維護自己的利益和地位。相較之下，他一個少數邊緣人，風俗規矩猶在摸索，朝廷派系動輒得咎，他成天戰戰兢兢如履薄冰地應付著。他或許夜夜失眠，日日嘆氣吧。學而優則仕，可是仕宦之路哪像讀書那麼簡單，怎麼不得罪小人，又能持守本心，人世間還有許多難參透的道理。種種在杯觥交錯或刀光劍影中過招的人際，儘管多年，鄭用錫極不適應，終於在四十九歲那年，提出歸鄉侍親的請求。

他衣錦還鄉，在北門外興築自己的家。一個進士的家該是什麼模樣？我猜鄭用錫一定費盡心思，最終他選擇能展露家世淵流的金門院落。當時蓋進士第頗費工，三落兩院宅第，大門左右兩側石雕窗有螭虎盤繞，屋子左右兩邊的馬背山牆比其他閩南式房屋來得大，坡度緩得像丘陵，做工細節考究，福泰安康之類的隱語精巧鑲嵌屋舍各角落，彷彿在裡面住能得吉祥富貴。

男人告訴我，鄭用錫的祖父在乾隆年間離開金門，遷往苗栗後龍，後來落腳新竹。

「你留意一下，進士第左右兩側不對稱。龍邊多了一道廂房，這是金門常見的建築蓋法。」

我們轉了三百六十度，回到文魁牌匾下，六格扇門橫在面前，每片窗以木頭雕紋卍字錦，中間兩扇卍字錦上浮凸一雙四字聯，上聯「門稱通德」，下聯「世踵豐名」。右邊虎邊門雋刻詩作：「白日依山盡，黃雲入海流，欲窮千里目，更上一層樓。」這首詩出自王之渙〈登鸛雀樓〉，但是原來詩作「黃河入海流」，易改一字成「黃雲入海流」。王之渙原本描繪壯闊奔流的黃河，登時轉為被陽光曬得柔和溫煦的祥雲，綿延無盡，氣勢變換。隔壁一扇為雕畫，上頭還有「稼雲別墅」的方印。如此看來，黃雲、稼雲或許有所關聯。

左側龍邊門，同樣對稱另一首詩，「趙氏連城璧，由來天下傳，送君還舊府，明月滿前村。」詩典出楊炯〈夜送趙縱〉，末句「明月滿前村」，同樣被進士改換一字，原文為「滿前川」。流動河川變成大片村墟，重現了當年進士第前的風景，太陽西斜，炊煙裊裊，人沐浴光輝裡，回家休息。

「你再看看那扇有述穀堂方印的門。『趙氏連城璧，由來天下傳』對應數字一到十，配上『國寶流通』，四個字對應萬千百十，就能成為票號驗證銀票金額的通關密碼。」

我一時聽不明白，呆愣半晌。男人看穿我的疑惑，笑了笑。

「假設銀票金額三萬兩千五百一十七兩，銀票上就會寫『連國氏寶璧流趙通來』。不知道這串密碼在講什麼的人，就會被認出是盜票，或者不是原本持票人。」

男人似乎對清朝、對這個家族頗為熟悉。他不是工人而已嗎？我忍不住在內心嘀咕。他到底是誰？

還沒問出口，男人已經側過一百八十度，走入第二進龍邊的廂房。

我跟著跨過門檻，手機燈光照出一條窄仄的木板樓梯，通往二樓。

「給你猜猜看，上面是做什麼用的？」

手機燈光一階階往上爬，然後環繞一圈木頭倚欄，閣樓裡什麼也沒有。我搖搖頭，胡亂回答：「臥室？」

「二樓是閨女房。一樓是招待賓客的泡茶間。」

「這設計有什麼用意嗎？」我難以理解，招待賓客的地方絕對人聲嘈雜，樓上閨女房又不是獨立空間，聲音會干擾到閨女們吧？

「結婚是父母決定。長輩會帶可能成為未來夫婿的人選到這裡，讓他和老爺喝茶聊天，這時閨女就躲在上面偷瞄底下動靜。」

進士第處處藏機關，如果男人沒說，我只能走馬看花。可是男人走在我前頭，熟門熟路，不用手機手電筒，絲毫不被門檻絆倒。你瞧，他已經從廂房後門走出，到第二進的天井了。

等我走出去，男人正伸手撫觸磚紅色的卍字。我退一步，發現大面牆全是相連不斷的卍字，而門上橫批「一團和氣」四字。

鄭用錫是個喜歡和平的人吧？不只要家和萬事興，他亦在淡水廳發生族群械鬥時，跳出來勸和。他苦口婆心宣傳——古聖先賢希望我們各盡友道，不要互相殘害，族群爭鬥就像你的手傷害另一隻手，豈有這種事情？

「嘿，你是不是在想，我怎麼那麼熟悉嗎？」

月光下，男人的笑顯得陰森詭異。

我心頭一凜，右手探進包包找尖刺物，萬一男人怎麼樣，至少有防備。

他重新折回第一進的虎邊廂房。

我立在門緣，手機照著木造牆壁，竟有一行大小不一的黑字，寫著「木立斗世天下知」。

「天地會暗語！」我叫了出來。

進士是清官，在清官家寫上天地會反清復明的暗號，豈不落石中傷。這是怎麼回事？

正當我要問男人，牆上那行字滲透出光芒，光的直徑越開越大，竟然開出一條隧道。男人走上隧道口，回頭問：「一起來嗎？」我沒敢動，因為他的面孔、身體正急速萎敗下去，變得蒼老、佝僂，與剛才判若兩樣。

我驚得轉頭就跑，衝出老屋，直奔鄰近唯一亮燈的商鋪滿美吐司。店才剛開門，老闆笑咪咪地把菜單放在我面前。「不用跑得那麼急啊，你是第一個客人，點什麼都一定吃得到。」

啊，老闆以為我貪食。我喘口氣，點餐時，忍不住問起老闆關於進士第。

「好像是什麼臺灣第一個進士的家吧。」

我把剛剛遇上工人的奇事說予他聽。

「那邊平常是比較少人經過。」老闆聳聳肩。

「你有聽說誰曾遇過類似的事嗎？」

「沒有耶。改天我再問問附近鄰居吧。先吃點東西壓壓驚。」

我囫圇吞下肉排吐司，心仍懸於剛剛的事。工人，天地會，鄭用錫，竟然穿越時空選上我？有沒有搞錯。難道，我電視劇看太多？

細細琢磨，大概是這個世界還有許多歷史漏洞，選擇在轉角對某些人招手吧。

進士第爲左右不對稱的建築，龍邊多一道護室，稱爲「凸規」，是金門常見的傳統建築形態，第一進天井靠龍邊爲滴水所在，是各方屋瓦最低處，滴水後沿龍邊凸規排水溝渠，滴水下方處西南高位，往低處東北處防火巷的對外排水溝渠，具排水功能。

大廳爲三闕六扇門，雕刻精細，中門爲「門稱通德，世踵豐名」意指期待後世揚聲立名，上方原有詩「欲窮千里目，更上一層樓」，旨在鼓勵子孫增廣見聞，擴大視野。

第二進廂房上方懸掛「一團和氣」匾額，希冀家族和睦相處。牆面以清水磚材質砌成「卐」字圖案彼此連綿，此紋稱「萬字不到頭」，又名萬字錦，有吉祥連綿不斷，萬壽無疆之意。

進士第大門在部分破損處可看見披麻抓灰的工法。披麻掛灰具加強防腐著漆等功效，披麻爲苧麻的編織品，一般採一經一緯平織法，而進士第爲三緯一經的羅織法，是臺灣古蹟目前唯一僅存的案例。

·「柿柿」如意·

同爲左護龍增建的房間中，在窗戶的設計上亦別具巧思，以綠釉花磚組成窗，花磚鏤空，中心的造型爲形如柿子的花，稱作「柿蒂紋」，四邊的造型則形似玉如意，稱爲「如意紋」，兩種造型巧妙結合，寓意著事事如意。以鏤空花磚成窗的好處，不僅美觀且富有意涵，也兼具通風的效果。

·閨女倚欄視郎才·

進士第設有閣樓，一般在家中到了適婚年紀的閨女，會由父輩安排婚姻大事，依禮，在結婚前男女雙方不能有交流，如有求親者上門時，會將對方帶到廂房，與長輩砌茶聊天以進一步認識，此時關心自己婚姻大事的女兒，往往會在閣樓上倚欄窺看來者相貌及談吐，待其離去後再和父母表明心意。

·五根栓杆加強防盜·

早期傳統住宅爲了防盜，建造房屋時，會設計「立門」，以達到加強防護的作用。進士第大門內，除了有門閂用以緊閉大門，下方地面挖有凹槽，可將五根栓杆插入對應的位置內。一般有三個凹槽，而進士第多達五個，加強了保護力，足見其對住處安全的重視。

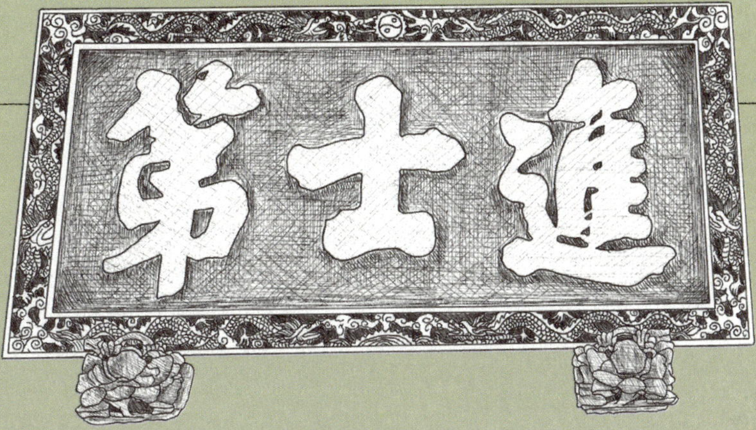

·螃蟹底，托科甲·

鄭用錫，乃臺灣首位進士，被稱爲「開臺進士」，依清朝制度，得以在自家宅第高掛「進士第」牌匾。爲了避免牌匾原件風化毀損，鄭家後代將原件收藏保存起來，目前所掛牌匾雖爲仿製品，但忠實重現原件做工，包括牌匾邊框上的金邊龍紋，以及螃蟹造型的匾掛，取螃蟹是甲殼類的諧音，象徵著「科甲」的寓意。

·「喜」上「梅」梢·

在進士第左護龍增建的房間牆上，有精緻的泥塑裝飾，其造型爲喜鵲與梅花，喜鵲爲吉祥之鳥，梅花則因愈冷愈開花，被視爲堅忍不拔、高雅清逸的風骨形象，喜鵲穿梭於梅花枝枒間，畫面生動而喜慶，象徵著「喜上眉梢」的美好寓意，以及期待宅第闔家平安，喜福平順。

霧峰林家

霧峰林家爲臺灣五大家族之一，林家祖籍源自福建漳州，清初渡海到臺灣定居，到第三代林甲寅從原先臺中大里移到舊名阿罩霧的霧峰重新經營，現稱霧峰林家係指林定邦、林奠國這兩支脈後代。林定邦後代稱爲「下厝」，林奠國後代則爲「頂厝」；林家發展初期主要由下厝體系的林文察、林文明、林朝棟、林祖密因具軍功發揮其影響力。後期則是由頂厝體系的林文欽、林獻堂及其堂兄弟，擅長經商，並以支持藝文、社會運動聞名。

霧峰林家宅園係指位在阿罩霧地區的園林與宅邸建築總和，由頂厝、下厝及萊園三部分組成。下厝有宮保第、全臺唯一的福州式戲臺大花廳及林家的起家厝草厝等三處建築群；頂厝有景薰樓、蓉鏡齋、頤圃等建築群；萊園位在現今明台高中校址內，是林文欽爲供母親頤養天年所建，以彩衣娛親的典故命名。霧峰林家由清朝中期興建至今，經歷許多年代，建築風格變化也很大，後期甚至有中、西、和三式合壁的新建築及庭園，十分多元。

自十九世紀中期協助官方鎮壓太平天國、平定戴潮春事件且參與中法戰爭，掌有精兵又擁樟腦專賣權，後又在人文及社會運動上投注甚深，霧峰林家實爲臺灣社會最具影響力的家族之一。

霧峰林家占地寬廣，此爲宮保第園區空拍全景。（島遊不在家團隊提供）

霧峰林家宮保第園區

●地址：臺中市霧峰區民生路 26 號

●開放時間：09:00-17:00

霧峰林家花園林獻堂博物館園區

●地址：臺中市霧峰區萊園路 91 號

●開放時間：08:30-17:00

廖振富

一九五九年出生於臺中霧峰，臺灣師範大學文學博士，曾任臺灣師範大學臺灣文學系教授、中興大學臺灣文學與跨國文化研究所所長、臺灣文學館館長等，現任中興大學臺灣文學與跨國文化研究所兼任特聘教授。著有《臺灣古典文學的時代刻痕：從晚清到二二八》、《櫟社研究新論》、《林癡仙集》、《蔡惠如資料彙編與研究》、《林幼春集》、《在臺日人漢詩文集》、《臺中文學史》（與楊翠合著）、《追尋時代：領航者林獻堂》、《以文學發聲：走過時代轉折的臺灣前輩文人》、《老派文青的文學浪漫》、《文協精神臺灣詩》等書。

故園花草有誰憐？獻堂先生的臨別一夜

獻堂先生帶著微醺，結束好友們為他在臺中醉月樓舉行的餞別晚宴後，回到霧峰景薰樓老宅，已經夜裡九點多了。這一天是一九四九年九月十九日，兩位親近的晚輩張煥珪與莊垂勝，堅持要陪他回來才放心，於是他吩咐家人泡茶給三人醒醒酒，再跟他們說說體己話。

字號遂性的莊垂勝，語重心長地先開口了：「獻堂先生，這次您去東京靜養，時機敏感，您的一言一行，大家都緊盯著看，我勸您千萬不要跟別人多談政治話題，免得招惹麻煩。」

遂性在二二八事件中，因被牽連而被憲兵隊拘留一個星期，後來雖受到有力人士營救，卻從此對政治死心，隱居萬斗六山居，自食其力以種果樹營生，不再多過問世事。想起兩年多前這段過往，他很容易理解遂性會如此叮嚀，內心隱藏著多少無奈與擔憂。人生要真的達到他自號暗示的境界，事事「遂性」，真是談何容易啊！

煥珪接著說：「獻堂先生，你就在日本好好安心調養身體，暫時遠離臺灣這些紛紛擾擾，而且要記得對自己好一點，不要再過度節儉了。」他感受到兩位親近晚輩的善意，內心湧起一股暖流，只微微點頭，沒有多說什麼。中央書局在煥珪主持下，從戰前到戰後，長期扮演著中部文化傳播站的關鍵角色，獻堂一直對煥珪的能力與眼光非常讚賞。

坐到十點多，時間也晚了，他們告辭而去。盥洗之後，獻堂卻毫無睡意，抬頭仰望夜空，思潮迭起，於是在景薰樓中庭踱起步來。

想到半個多月後就是中秋節了，但他早已安排妥當，也獲得妻兒的諒解，決定四天後搭乘飛機前往東京。雖然有朋友因他即將赴日引來謠言四起，勸他暫緩此行，他卻深知局勢一日數變，若稍延遲，恐怕就再也走不了。只是內心難免百轉千迴，昨夜更為此輾轉難眠，忽然想起他在八年前所寫的那首長詩〈辛巳中秋景薰樓觀月〉：「秋宵月比春宵好，涼生玉宇開懷抱。舉杯共飲待中庭，漸見清光遍鯤島。人生行樂須及時，莫因抑鬱徒傷悲。夜深猶作慇懃望，遂使衷心有所思。歐陸風雲雖暫息，亞洲酣戰方急迫。豈真長此照干戈，南飛烏鵲悲無食。倚樓長嘯念皆灰，曾看團圓六十回。浮世光陰如一瞬，且將爛醉掌中杯。」

當時臺灣處在二次大戰激烈的階段，獻堂先生已滿六十歲，望月懷想，只見臺灣前景一片漆黑，看不到亮光。盼啊盼，四年後終於熬到戰爭結束，大家歡欣鼓舞迎接祖國的到來，期待重見天日，誰料想得到？短短一年多，陳儀主政下的種種惡政，還有對臺灣人的不信任，一九四七年終於爆發全面潰堤的二二八事件，死傷無數，包括大量的社會菁英與無辜的平民百姓。與他交情非常親密的陳炘、林茂生等人也都慘遭毒手，讓他痛徹心扉，事後他甚至一度也被調查，處境艱難。幸虧國府當局深知獻堂先生在臺灣民間的聲望，不但還他清白，更邀請他擔任省府委員。

兩年半後的今天，中國大陸國共內戰越趨激烈，政局急遽惡化，臺灣也岌岌可危。身邊的親友常與獻堂先生交換對時局的看法，無不憂心忡忡。獻堂先生名重一時，動見觀瞻，不便與國府當局公開決裂，除了接受省府委員的安排，還擔任臺灣省文獻會主任委員。眼看時政日非，卻無計可施，而最近幾天頭部昏眩愈來愈嚴重，還幾度伴隨著嘔吐，終於讓他下定決心想遠離是非，到日本治療養病。

先前他已跟省主席陳誠當面報告過，由於謠言愈來愈誇張離譜，為了保險起見，前幾天他又寫信給陳誠及保安司令彭孟緝，再三言明赴日是為了考察日本經濟及對日貿易，順便尋訪名醫以治療頭眩之疾，此外並無任何政治意圖，希望他們不要聽信謠言。

深夜裡四周一片靜寂，他走到景薰樓入口大門，抬頭看見老宅上方一角，在昏暗中隱約可見鑲嵌在上面的大理石碑，有篇短文是他親筆寫的重建碑記。始建於一八六七年的景薰樓，在時光的沖刷下，不敵歲月與地震摧殘，慢慢有不少毀損，於是堂兄弟決定重新整修，終於在一九三一年完成。

除了這篇碑記，他更邀請幾位櫟社詩友寫詩祝賀，分別選用上等大理石，將詩作刻在景薰樓內側壁面，姪子林幼春的詩則是鑲在門後左側內牆。而他以「灌園」雅號落款的詩，則安置在大門入口牆面（為了慎重，這首詩是請姪子幼春代筆）。此刻，他不自覺走到大門口，凝視壁面低吟著：「百年門第祖恩深，五鳳添修壓翠岑。禪榻鬢絲中歲後，石橋流水短墻陰。抱孫自愛愚公谷，望古聊為梁父吟。聞說仲宣能作賦，晚來被酒試登臨。」

這首詩清楚道出他們頂厝五個堂兄弟，費心合力重修祖宅，敬謹繼承家業以不辱家風的強烈使命感。這棟他們安身立命的祖宅，是背對著霧峰丘陵的風水寶地，世代相傳已經百餘年。如今他以臨老之身，卻不得不告別摯愛的家園，何時歸來，自己也說不準，讓人情何以堪，而他種種矛盾的心情，又有誰能真正了解呢？

想起在這座祖宅中，他招待過很多高官或名人，如總督石塚英藏、德國公使等人，不過最讓他懷念珍惜的還是櫟社詩友的集會。一九四一年十一月三十日，櫟社兩代社友十多人在此集會，寫詩為他祝壽，也各自寫了〈景薰樓雅集〉的七言絕句。一九四二年三月一日，櫟社總會在此召開，共有十八人出席。他希望能延續詩社香火，會前與社長傅錫祺商量，在此會中正式通過葉榮鐘、張賴玉廉兩位新秀加盟入社。

不過就在短短幾年間，怎知局勢發生這麼大的變化？想當年的文采風流，傅錫祺社長仍健在，兩人志同道合為培育新血輪流奮鬥，密切合作。而表弟吳子瑜身體狀況也還好。不料先是傅社長在一九四六年去世，他在一九四七年一月接任社長，正想大力重振詩運，無奈時局一日數變，風雨飄搖，而表弟子瑜近來也纏綿病榻，他幾度去醫院探望，只能相對唏噓而已。

既然毫無睡意，想到幾天後即將告別家園飛往日本，他乾脆趁著夜色，獨自前往萊園走走。

經過靜悄悄的宮保第，門口的三棵大榕樹依舊在夜色中聳立著。「宮保第」三個大字的牌匾，標誌著家族往昔榮光，在黑暗中閃爍著微光，那是家族聲勢最頂峰的年代。大伯父林文察以赫赫戰功獲得清朝朝廷的封賞，始能擁有此一名號，誰知他最後以身殉難，戰死沙場，而二伯父林文明後來更冤死在彰化衙門中，造成家道再度中落。直到具備軍事長才的堂哥朝棟，在清法戰爭中帶領部隊北上基隆馳援，立下戰功，受到臺灣首任巡撫劉銘傳重用，霧峰林家才又重新躍上歷史的舞臺。

走過宮保第右側建築，裡面的「大花廳」留有好多難忘的回憶，包括櫟社詩友在此舉行詩會，臺灣文化協會一九二六年五月的理事會，而一九三〇年四月二日幼春長子培英結婚，盛大的婚禮也在大花廳舉行，他還以證婚人的身分發表一番剴切的祝詞。一九三二至一九三五年間，他的長子攀龍主持的「一新會」，各類活動也常在這裡與萊園舉行。

不論是景薰樓、大花廳或是萊園，他人生最璀璨的壯年歲月，從公領域的社會文化與政治活動，到私領域的家族大小事，都與自己的家園緊緊相繫。

一九二〇年，他與好友蔡惠如受到一群傑出臺灣留學生的擁戴，在東京創立新民會，兩人被推舉為正、副會長。一九二一年十月十七日，臺灣文化協會在臺北成立，他因逢祖母喪事期間無法出席，卻仍被推舉為總理，肩負領導大任，從此展開十多年為爭取臺灣人政治權益而奔走的生涯。

聲勢最浩大的是，他與同志發起「臺灣議會設置請願運動」，團結各界，到處演講，播放電影，連續十多年到日本東京進行請願。同時他們支持留學生辦《臺灣青年》雜誌，後來改組為《臺灣民報》、《臺灣新民報》，由姪子兼同志林幼春與他兩人先後擔任社長，成為啟發民智，宣揚新知，忠實反映臺灣心聲最重要的利器。

可惜一九二六年起，臺灣文化協會的政治運動路線逐漸產生分歧。這一年五月十六日，臺灣文化協會在霧峰林家舉行理事會，留下一張以大花廳為背景的大合照。在這張二十多人的合照中，獻堂先生端坐正中央，蔣渭水、連溫卿分坐兩側，其他還有謝春木、黃呈聰、蔡培火、林幼春、王敏川、陳逢源、陳虛谷、賴和等人。從會中的爭論不休，獻堂先生察覺到同志已經貌合神離，分道揚鑣是遲早的事了。

唉！也罷，俱往矣！正如當年回顧大半生奮鬥的詩〈述懷〉所說：「帝京冒風雪，歷訪官紳宅，力說重民意，猜疑未能釋，或憫其愚蒙，或視為叛逆。成敗一任天，犧牲何足惜？奔走二十年，此心徒自赤。問君何所得，所得雙鬢白。」任憑青春老去，而今回首成空。

繞經大花廳右側的二房厝，那是他情誼最親密的姪子林幼春的住家。內心忽然湧起一陣強烈的惆悵，幼春去世已經整整十年了。論輩份，雖然幼春是他的姪子，其實還長他一歲。但兩人向來互動親密，幼春從年輕時就非常好學，積極吸收新知，年輕時還介紹他閱讀梁啟超的《新民叢報》，也間接促成後來一九一一年梁啟超的臺灣之行。他不只擅長寫詩，常指點獻堂詩作技巧，更是獻堂在政治運動領域的得力助手。曾因治警事件入獄，卻昂然不屈，寫了很多傳誦一時的獄中詩，引起極大的轟動。

想著想著，不知不覺已經走到了萊園門口。遙望夜空掛著一輪殘月，腦中不由得浮現蘇軾的詞作：「缺月挂疏桐，漏斷人初靜。時見幽人獨往來，縹緲孤鴻影。驚起卻回頭，有恨無人省。揀盡寒枝不肯棲，寂寞沙洲冷。」似乎正隱隱傳達他幽微的心境。

這座依山而建的家族花園，是他的父親林文欽先生為了孝順母親羅太夫人，而在一八九三年興建完成，命名「萊園」，取義是效法古代老萊子彩衣娛親的故事。而大門入口的楹聯：「自題五柳先生傳，任指孤山處士家。」以陶淵明與宋代隱士林和靖自比，說明父親在殖民統治下隱居以保全操守的深衷。

他對萊園最早的記憶，應該是一八九九年四月，日本總督兒玉源太郎一行人的造訪吧。當時兒玉總督南下彰化參加「饗老典」，結束後連同屬下一大群人搭乘轎子浩浩蕩蕩來到霧峰，獻堂的父親林文欽與幼春的父親林朝選一起出面接待，兒玉總督還寫了兩首詩讚美萊園的美景。當時獻堂與幼春躲在人群中觀看，兩人年紀在十九歲上下，他們都充滿民族意識，目睹外來殖民者的排場，內心非常鬱悶。

這一年年底，最愛寫詩的堂哥林朝崧，結束在中國漂泊將近五年的時光，返回霧峰老家定居，後來他常邀集朋友在萊園集會作詩，一九〇一年開始籌組櫟社。這也鼓舞了獻堂的詩興，於是他邀了霧峰庄中的幾位好友籌組「萊園詩會」，向櫟社詩友學習，後來在一九一〇年正式加入櫟社。

最讓他難忘的，則是一九一一年四月梁啟超在他力邀之下的訪臺之行。此行梁先生還在五桂樓中住滿一星期，他們得以朝夕相處。這段期間，梁啟超逐一題詠萊園美景，寫了十二首絕句，親筆題箋的贈詩，獻堂至今仍珍藏在家中。

記憶更深刻的是，有一天正當他們你一言我一語大吐苦水，對梁先生說起臺灣在日本殖民統治下的種種遭遇，梁先生回應說：「你們如果想要改變臺灣的命運，應該要致力學習有用之學，不要一輩子當個只會吟詩作對的文人就滿足了啊！」

獻堂追問：「先生說得很對，只是我們苦無對策，不知您有什麼具體的建議？」

梁先生說：「你們可以學習愛爾蘭人對抗英國統治的方法，以爭取成立臺灣人自己的議會機關為目標，如果成功，就可以制衡總督府無限擴張的專權，這樣才有可能改善臺灣人的命運。」這番話鏗鏘有力，讓他突然茅塞頓開，倍感振奮。

他正當壯年的一九二〇年代，以東京留學生成立的「新民會」為起點，一九二一年十月被推選擔任臺灣文化協會總理，結合臺灣各界有志之士，風起雲湧，熱烈展開臺灣民族運動為期十多年的奮鬥。

一九二四至一九二六年間，臺灣文化協會在萊園連續舉辦三次「夏季學校」，先後擔任講師的有林幼春、蔡培火、陳逢源、林茂生、陳炘、鄭松筠、陳虛谷、謝春木等十多位各方菁英。主題涵蓋歷史、宗教、法律、哲學、經濟、科學等，非常廣泛，萊園原本是家族的私人花園，如今儼然成為當時臺灣文化協會傳播知識的前哨站，他深以為慰。

走到萊園另一側，聳立在萊園小丘上的一座紀念碑，更是他在政治運動領域之外，投入更多感情的具體標誌。一九二二年十月，櫟社為了擴大慶祝創社二十年，決議在萊園中豎立一座紀念碑。會前社員進行細密的分工，更邀請鹿港書法家王席聘，以隸書體寫了碑面「櫟社二十年題名碑」八個大字，背面是幼春執筆的題名碑記。當時還廣邀全臺各地詩人前來共襄盛舉，社員與來賓多達五十四人參加這次盛會。

夜色深沉，獻堂坐在碑側，耳畔傳來微細的蟲鳴聲，思緒不斷地飄移迴盪，一幕幕在腦海中浮現。童年在家塾蓉鏡齋從學的時光，十五歲奉祖母之命，帶領族人遠走中國福建避難，練就他少年老成的沉穩個性。三十歲加入櫟社，三十一歲邀請梁啟超訪臺，四十一歲開始領導臺灣文化協會，為民族運動奔走，他也逐漸成為家族實質上的領導人。二戰結束，他已邁入六十五歲，原本期待臺灣故土重光之後，大家都能有更好的生活。誰知事與願違，他不得不臨老告別摯愛的家園，遠走異鄉，最放心不下的除了家人與親朋好友，還有對臺灣前途的牽掛，而家園中的一草一木，一磚一瓦，無不灌注他難以言宣的深情。

現實的面貌，與期待落差之大，遠遠超乎他的想像。如今選擇到日本考察，既可沉澱思緒，遠離是非，並可尋訪名醫治療頭腦的暈眩之疾，暫時的抽離，或許有機會為臺灣找到另一條光明之路吧？

一九五六年九月，獻堂先生病逝日本，化為一罈骨灰，使魂歸故土。如今安葬在萊園後山，與他的祖母、弟弟兩家人相伴長眠。

霧峰林家下厝議事廳，重要會議或招待賓客都在此進行，大廳前有同治皇帝賜的「文朝資正義武德在奇功，大鼎銘昭著元常紀偉庸」對聯，上聯即爲林家後代子孫字輩命名的規則。

霧峰下厝林家的草厝爲起家厝，供奉林家祖先牌位，在建築格局上，屬傳統ㄇ字型三合院，包括正身和左、右護龍，設有穀倉、門樓和庭院。

霧峰林家下厝爲清朝的官宅聚落，家族第五代族長林文察因攻打太平天國有功，一八六四年獲追封「太子少保」，此宅第才能高懸「宮保第」牌匾。

霧峰林家頂厝的武功強盛，曾協助清朝平定小刀會、戴潮春民變，也在福建、浙江與江西等地對抗太平軍，因此宅內有不少操練兵勇的設施，像是箭道，供操練射箭用。

霧峰林家頂厝的景薰樓，景指風景優美，薰是薰風舒爽。其爲頂厝主要宅邸，一八六四年由林奠國興建，後續有所增修，九二一地震後受損嚴重，現爲重修後的建物，但仍保有最初的樣式。

霧峰林家頂厝的「蓉鏡齋」，爲頂厝最早的建物，由林奠國所建，是其起居處，本爲草屋，一八八七年林文欽改爲蓉鏡齋，作爲林家子弟的私塾學堂，這也是林獻堂幼年接受啟蒙教育之處。

霧峰林家萊園，爲林獻堂父親林文欽爲其母羅太夫人所建，取自老萊子「彩衣娛親」典故，園內代表建築爲五桂樓，舊名「步蟾閣」，取自成語「蟾宮折桂」，意指科舉及第獲取功名。

小習池爲萊園內的人工池，池中方形土臺因昔日種有荔枝，因此名爲「荔枝島」，土臺上打造一座正對五桂樓的「飛觴醉月亭」，爲林家文人雅集之所在。

此爲日治時期刊物《民俗台灣》於一九四三年刊登的霧峰林家花園宮保第園區大花廳，由當時著名攝影師松山虔三攝影。（國立臺灣圖書館數位典藏提供）

一九〇七年三月二十二日，櫟社諸友假霧峰萊園開春季雅集，攝於五桂樓前。（霧峰林家花園林獻堂博物館提供）

・一品官宅「宮保第」・

霧峰林家下厝建築群中，以「宮保第」規模最大。清朝，一般只有被封太子太保或太子少保的官員，才能以宮保第爲名，林文察因戰歿萬松關，於一八六四年被追封爲太子少保，方得以此命名。宅中掛有宮保第字樣的牌匾，雖爲重製，仍還原原件以碎貝殼鋪牌面，邊框爲透雕昇龍圖，榜字與龍身貼上金箔，其餘部分則爲彩繪，做工極細。

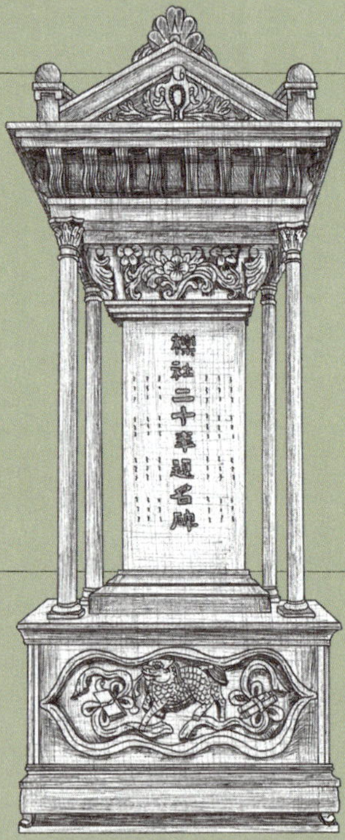

・櫟社創立二十年紀念碑・

櫟社創立於一九〇二年，是臺灣日治時期的三大詩社之一，由臺灣中部的古典詩人組成，並以霧峰林家爲活動中心。在萊園內，有一座紀念櫟社成立二十週年所建的石碑，此碑於一九二二年完工，碑面刻有當時成員的姓名，背面則有林幼春撰寫的碑文，記述櫟社的創社理念與發展歷程；正面與背面底座雕有麒麟與鳳凰，分別取「麒麟吐玉書」及「有鳳來儀」之意。

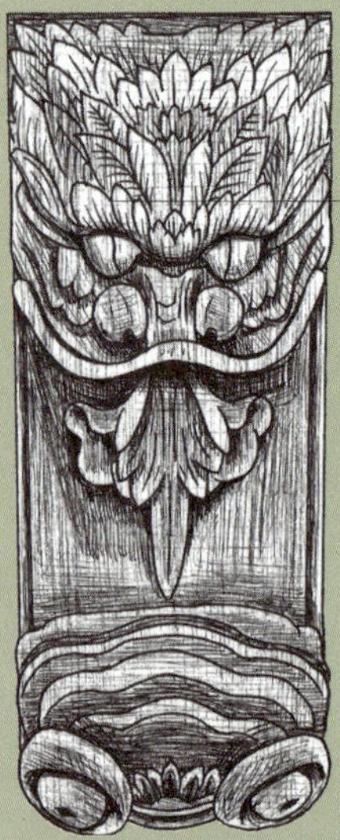

・張桃眼、吐蓮舌的「桃眼獅」・

大花廳戲臺的四腳，設計有桃眼獅造型，別具特色與意義。桃眼獅，又名螭虎，是龍生九子之一，傳說螭虎因貪吃，竟連自己的身體也吞食，僅存一隻腳，因此常被運用於傳統建築的牆角或家具的支撐腳，作爲裝飾；桃眼則象徵著好人緣，蓮葉舌爲擅言詞，這些特質正是梨園子弟對自身的期許，下方的如意紋，有富貴如意的寓意。

·「大花廳」戲臺牡丹花開·

下厝建築群中的「大花廳」，乃林朝棟出任撫墾局長時，爲了舉行軍事會議及招待宴客之用所建。大花廳戲臺，採用福州式戲臺與卷棚的做法，其八角藻井中雕有花中之王——牡丹，故取名大花廳。當時林家曾在自家設戲班，並將此廳分爲貴賓席、男女眷觀賞區等，場面極爲氣派，可謂霧峰林家鼎盛時期的象徵。

·飛觴醉月亭·

霧峰林家的萊園，五桂樓前池中建有「飛觴醉月亭」，此亭初建時有三面牆，面朝五桂樓，作爲林文欽之母羅太夫人欣賞戲曲所設的戲臺，太夫人去世後，逐漸成爲文人雅士聚會、飲酒論詩詞的場所，文人常醉飲望月，樂而擲觴，與李白《春夜宴從弟桃花園序》中的「飛羽觴而醉月」相互輝映，故得此名。

馬興陳宅（益源大厝）

益源大厝位在彰化縣秀水鄉馬興村，俗稱馬興陳宅。「開臺祖」陳武，從泉州廈門渡臺，以「益源」爲號，販售檳榔、藥材、畜產及放貸業等，經商致富，其子孫進祿功名後，於清朝道光二十六年（一八四六年）所建，爲臺灣現存規模較大的古宅之一。

建築規劃共三進六條護龍，爲三落雙護龍之格局，主體建築前有門樓二重，獨立正廳由四合院包圍，宛如厚實的牆垣包覆，宅院的建材有磚、石、土、木，磚質色澤優美，大木結構多由穿斗式與抬梁式構成；護龍保有南方建築特色，完整外觀下有大量隔間，於室內營造私領域空間，從建物安排展現家族對人際關係的看重，宅第內計有九十多間房間，配置依序爲外埕、門樓、前埕、正門、中庭、轎廳、正廳、後庭、後廳，占地一甲多十分廣闊。

益源大厝外埕上仍存旗杆座一對，門廳外也掛有文魁匾額，爲族人陳聯茂中舉時所立。宅第內保有日治時期鹿港王席聘的書法筆墨、彰化柯煥章彩繪以及鹿港王蘭生的書法作品，在在顯示陳宅書香門第氣息。

空中鳥瞰益源大厝全景，可看見多護龍的格局，整體氣勢壯麗。（島遊不在家團隊提供）

馬興陳宅（益源大厝）

●地址：彰化縣秀水鄉益源巷 4 號

●暫不開放

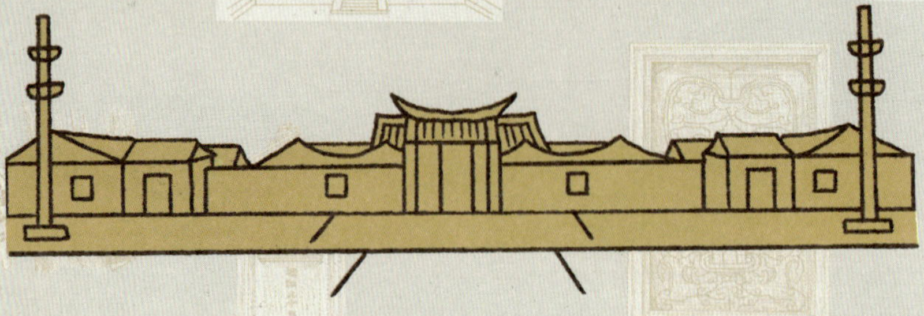

陳育萱

彰化人，畢業於東華大學創作與英語文學研究所，現職彰化高中國文老師。曾獲時報文學獎、林榮三文學獎。獲選美國佛蒙特工作室與臺灣文學基地駐村。作品入選《台灣民主小說選法文版》、《九歌 109 年小說選》、《九歌 104 年散文選》。著有短篇小說集《南方從來不下雪》、《那些狂烈的安靜》，長篇小說《不測之人》、《擦亮記憶的星辰》，散文集《佛蒙特沒有咖哩》（合著），繪本《在黑夜抓蛇》（合著）。

益源大厝內的百年對話

古早時代，我肩負著供給水源的重責大任。對我而言，最值得懷念的時光便是有人趨近我，拿著水桶慢慢下探，準備打水的過程。我能見著每張俯瞰的臉，他們亦盯著我，臉上浮現悠遠又虛幻的線條，凝望久了，他們有一半成為我，而另一半則提著水桶，繼續生活中的勞動。

他們泰半走向那座宏偉的建築，三進三落雙護龍共百來間房，我太熟悉了，屬於這座宅第的一切，我見證幾萬個晝夜，從四合院開始，兩旁護龍隨著時間不斷擴張，終究形成層層包圍的巨型堡壘。

我身上的色澤與之相同，溫潤棗紅色磚體砌成。然而，那具有防衛功能的莊園亦十分講究美感，當初興建時，磚、石、土、木皆一起用上。當年興建完畢後，我輾轉聽過這陳宅梁柱採用抬梁式，按房屋由正門口至屋內延伸的方向成排設柱，並於每排柱頂架梁，再於梁上排列數層短梁和矮柱。各層梁的兩端和最上層梁的頂端設檁，透過縱橫排列，梁、柱、椽、檁就能支撐房屋屋面的重量。聽說，這樣能夠更方便更動隔間，你呢？你這八哥老是踩在我身上唱個不停，你總該見識過這整片古厝的厲害之處吧！我知道，你想必很困惑吧，我已經聽了大半年的啁啾，喔不，跟麻雀相比，你那嚌嚌唧唧的聲音更是嘈雜，讓我不得安歇。

什麼？你說我作為一口井無須歇息嗎？你可知，我這口前埕老井已經三百年？還有，你能想像，我其實來自中國泉州？開基陳氏祖先，不辭辛勞將建材運來，陳家正興旺時，宅前有「七重廣場」、「七重莿竹」呢！你問我現在怎沒見著偌大的莿竹叢？唉，以前啊，還有銃樓防護呢，如今只剩古厝西側的水池及部分莿竹叢，虧這整座宅邸占地有三公頃呢！

你且聽我道來——這片莊園是陳家的「開臺祖」陳武。說起陳氏先祖啊，原本居於陝西省西安市郊一帶，後來散居於漳州、泉州一帶，可謂閩南第一大姓呢！後來，陳武祖先就遷居到泉州同安縣廈門二十三都五亳保官都社。不過，乾隆皇帝五十七年（一七九二年）時，當時二十四歲的陳武因考慮家族人口眾多，謀生不易，決定帶著三弟陳舉與四弟陳薦，從廈門冒險渡海來臺發展。黑水溝你知道吧？早期若有人想移民到臺灣來，就得橫渡所稱「黑水溝」。你沒辦法靠著雙翅飛過去，因此不知道吧？那一帶海域水色深暗，海象惡劣，強勁的海流就是船難頻傳的原因。「十去，六死，三留，一回頭」的諺語，說的就是我也歷經過的考驗。所以，你可別以為我就只是你腳下的踏板，隨意拉屎的地方，這磚可貴重呢！

聽你的聲線突然一變，唶唶——唶唶——別急，我繼續講古。陳武渡海來臺，就先從現在的梧棲上岸，再選擇彰化為人傭工。彰化南門你知道嗎？以前清朝的四城門之一，赫赫有名的觀音亭也在那。陳武一開始就住南門外，後來搬到關帝廟對面，轉而經商。據說，他做起生意有模有樣，從一根紅扁擔叫賣起家，商鋪不多久便成為城中大商號，名為「益源」。這下你算是了解你經常飛來飛去的益源大厝名稱由來了吧？

咱們這陳武先生，販售「青仔」致富，後代暱稱他為「青仔武」。你問我，為什麼賣青仔？清朝閩粵一帶的移民來臺移墾，臺灣當時環境條件很惡劣，瘴癘之氣一旦染上，那可是會一命嗚呼的。檳榔，則是當時移民用來抵禦瘴氣與寒冷的妙方。小事不合就械鬥的情況，也經常能以檳榔來化解。所以，你說青仔功勞不大嗎？總之，陳武透過檳榔、藥材、畜牧、米穀的販售，開枝散葉，到了道光七年（一八二七年），已在臺灣生存三十五載，比你這小八哥的歲數都多上許多囉！

陳武娶妻，生下四子，以《論語．學而篇》：「夫子溫良恭儉讓」等美德，分別為兒子取名為爾溫、爾良、爾恭、爾儉。等等——你別睡著啊，我才正要進入馬興陳宅的歷史正本呢！你問，為什麼這地名稱呼為馬興？你且整理羽毛，邊聽我細細道來，這地名源自平埔族馬芝遴社，雍正初年（一七二三年），王、宋、陳姓和漳州府的馬姓先民來這屯墾，故有此稱。那跟陳家的關係從道光元年（一八二一年）說起，陳爾溫娶了馬氏，於是入墾馬興。這位陳爾溫，在彰化發生飢荒時，跟三弟陳爾恭慷慨捐米，救助不少災民，獲得知府周彥賜「尚義恤鄰」匾，知縣李廷璧賜「慕義可風」匾，傳為佳話。

除此，陳爾溫在鴉片戰爭爆發，英國屢屢派遣艦隊侵擾臺灣時，他便率陳家以「尚義堂」為名號，在馬興協助團練。陳爾溫、陳爾良兄弟率領家丁、佃地民團，協助臺灣總兵達洪阿於大安港抗拒英國戰艦有功，陳爾溫因軍功敘得「布政使司經歷」職銜。陳爾恭以軍功叨賞六品頂戴，誥授「奉政大夫」，並追贈其父陳武為「承德郎」，母親趙氏為太安人。這些赫赫顯歷，現在都還是能在墓碑上見著。

你想噢，既然當時已有功名，那接下來需要做什麼？欸，你別只是喳喳又喳喳地叫個不停哪，你瞧，你身處這院落就是陳爾溫獲取功名後，於道光二十六年（一八四六年）著手興建的。陳爾溫精通堪輿，選上這塊俗稱的「仙人撒網穴」，那可是選對了風水寶地呀！所以，你們這群八哥才這麼喜歡飛來吧？

你曉得嗎？剛開始古厝雖粗具規模，不過周邊還有他人土地楔入，形制還不算是你目前看到的這麼完整。及至咸豐九年（一八五九年），陳家第三代陳培松中試恩科舉人，蒙蔭例授「文林郎」。後續，他便以鉅資購得鄰近土地。不只如此，依照清例，凡是科考中舉的人，可在家戶門前豎立旗杆以彰顯榮耀，陳家門第也因而大幅提升。

你看，益源大厝的門楣題「陳四裕」三字，正是這古厝的名稱。至於規模就是所謂的「大厝九包五、三落百二門」，能夠興建這麼一座大型宅院，除了代表陳家光耀門楣，後代子孫也能一同住在此地，這古厝不僅有宏偉的本體，大埕西邊建了讓工匠勞作時的房舍、藥局跟管家事務所，跟古厝最近的則是私塾。吁——不簡單啊不簡單，想必你也有此感，才會啞吒不停吧！陳家自從陳培松中舉之後，陳氏家族舉人、秀才、貢生輩出，前三代共出了九名秀才，一名舉人，如果以同期渡海來臺發展的家族來說，鮮有能出其右，這就是正港的「光宗耀祖」！

喔，你若累了，就飛到樹蔭下休息吧，你見過後院的龍眼樹？那是「雞母帶子」，一大一小雙生，「果大核小，果小無核。」不知哪一年這龍眼樹便死去，現在你所見的龍眼樹，已不是當年那株。不過，這幾公頃的古宅至現今仍有芒果、楊桃、木瓜和蓮霧樹，深淺樹影隨風搖曳，送到我這口古井，那股過去留存過的大宅生活痕跡，人丁興旺，聲語晏晏，即便是入夜時分，也彷彿能夠繼續慢燃。

你問，現今人都去哪了？這得從日軍入臺開始說起。

當年益源大厝建好了之後，陳家產業生意多數仍在彰化市區，所以搬遷來古厝的族人不多。直到明治四十一年（一九〇八年），日本政府對陳家財力雄厚、人丁眾多這件事很有意見，於是強迫居住在益源大厝內的陳家族人分戶，按戶課徵戶稅、房捐。你這小八哥未曾經歷過的日治五十年間，定不曉得益源大厝進行增建和修復工事之多！你說，我為什麼要如此仔細地提？當然是心疼這陳宅的起落，二次世界大戰開始後，物資飆漲，營生不易，陳家由管理人陳天恩召開家族會議商議分產。國民政府來臺之後，推行「耕者有其田」和「三七五減租」政策，陳家各戶在這種時空背景下，陸續遷出益源大厝，到各地謀生，就這樣，各房聚居的鬧熱情景不復以往。你說你很難想像？唔，我也是哪！你瞧能夠維繫如此雄偉氣勢的古厝，陳家傳到目前第十代，子孫千人，賢子孝孫，醫師教授等職業多得去了。烜赫不減，只是再也沒有孩子吵著要吃「烤蘋澎」。每年五月那棵蘋婆樹開花，淡白花瓣略帶淺紫，七、八月開始結果的蘋婆朱紅得比夕日還燦爛，果皮一旦裂開，就能見到裡面的種子，那種帶有光澤感的深赭色，烤熟了之後，就能看到孩子們的笑靨，他們就穿梭在護龍之間，陳家長輩族親，長工管家具在，那是我悠長記憶其中最馨香甜美的一段。

喂，你有沒有認真聽哪！這可都是我不輕易對人吐露的事。等等，你格格格地笑什麼？身為一隻八哥，為什麼用這種神態站在高處睥睨我呢？你站的地方，可是陳家先祖的功勞，那對旗杆石，夾杆石上，正是左青龍、右白虎的順序。你飛去基座看看，那是不是琴棋書畫？

來，你且飛下來罷，中門門廳金錢紋橫披窗上懸掛的「文魁」匾額，那可是陳培松中舉後，由當時監考官瑞賓所立，榮耀無比吧？可惜後來遭竊，你這小小年紀只能看到新刻的版本了。不過，值得看的當然不只這些，益源大厝第二進為正廳，供奉陳家祖先牌位。你看那正廳門額上同樣是金錢紋橫披窗，下方八仙帶綵的彩繪，中間板門上「詩書繼世，孝友傳家」，神房花罩上還有對聯「學爾賢能傳家務存質樸，修其孝弟敦本要敘彝倫」反映對後世子孫的期許。正廳神房留存下的木雕是全棟建築中最精緻之處，神房上刻有「尚義堂」堂號，正廳兩側隔板和門板上留有大量落款「隱石」、「少維」的王蘭生字畫。再來，正廳前面有左右轎廳，那是停放轎子與儀仗的地方，轎廳與左右廂房屋頂連成一雙連式馬脊，為目前現存的孤例喲！

你再振振翅膀，飛到最後一進吧，那就是益源大厝的後廳，設有俗稱「觀音媽漆仔」的觀音彩，但因年代久遠，已落跡斑斑。你可瞧見，後廳屏風繪製觀音菩薩像，兩旁對聯「萬法皆空明佛性，一塵不染見禪心。」是不是挺有神聖的氣氛呢？另外，王蘭生的墨寶除了在正廳，後廳兩旁隔板上也有完整的字畫。此外，三房花廳重修的時候，也聘請過仲港柯煥章施做彩繪，你仔細看，上面是不是有「磺溪笑雲」、「汴村漁人」的落款呢？虎邊的護龍則有鹿港王席聘所留下的書畫。

益源大厝的三進建築是正屋區，你飛過去，看那兩側的護龍，那便是正屋的屏障。這棟莊園的護龍跟其他建築都不同，你啾啾地問不同在哪？喏，你看它在每三個空間中，就規劃一個形如「廳」的公共空間，護龍內相互連通，空間動線格外靈活，住宅能有共同使用的空間，也可以有私人天地。外伸的護龍建有「益順堂」、「家探宅」、「家泰宅」。不只如此，附屬建物「傳鏞宅」、「傳訓宅」、小三合院等，一起鞏固著這幢大院，著實氣勢不凡哪！

啊！哪來的噭噭聲？喲等等，這啅啅聲真夠大的，怎麼飛來了那麼多八哥？什麼？你說是你的家人來尋你？什麼啊，原來你偷偷逃離家族，我還在這跟你說了那麼多。快去跟你的家人們重聚罷，別再繞著我飛了。我說了這麼幾個鐘頭，我口也渴了。

喏——還真的說飛就飛走啊！也罷，天色也確實黑了。彰化秀水地靈人傑，我眼見著益源大厝從商墾之家逐漸成為書香世家，論宅第與門第，馬興陳宅可謂箇中翹楚，只是不知何時它的大門再度開啟，迎向群眾？

這與臺中霧峰林家、臺北板橋林家本源宅並稱的臺灣三大古宅的所在啊，我未曾離開過。未來，我仍舊會待在這，在日月星圖升落的每個晝夜，繼續守護它。

馬興陳宅共有三口水井，是早年陳家主要多的飲用水來源，其中廣場外的水井已有三百年以上的歷史。

陳宅內部多處使用唐山石版及紅磚，施工精良，正堂神龕木雕出色，彩繪多使用黑色、紅色及貼金技巧，精緻典雅。

陳家後代舉人、秀才、貢生輩出，前三代十六名男丁，共出了九名秀才，一名舉人，另有監生及榮銜者數人，功名豐碩，光宗耀祖。

陳家的正廳前置有左右轎廳，是停放轎子與執事牌的地方。轎廳與左右廂房屋頂連成雙連式馬脊。（蔡滄龍先生提供）

·書劍江山，允文允武·

山牆，指中國傳統建築的斜頂側牆，而頂端相接處形如山，被稱爲「山尖」，山尖上往往會設計各種造型的雕飾，象徵著不同的寓意。馬興陳宅山牆上的山尖造型多樣，其中一面山牆雕有書與劍被纏繞並懸掛的造型泥塑，乃書劍江山、允文允武之意，代表著陳家長輩對後代子孫的期許。

·「蝠」氣花窗·

馬興陳宅在窗框的設計上多爲矩形，並以凹入的砌磚拼接，呈現具有層次與透視感的視覺效果。而窗上嵌有造型多樣的裝飾，亦蘊涵著寓意與巧思，其中有一面灰泥花窗，以蝙蝠的造型排列爲幾何圖案，取諧音象徵著福氣之美意。

·「蝠」壽綿長·

陳宅在花窗的設計上多元取材，有使用灰泥、綠釉的材料，也有木雕；其中有一面木雕花窗，便是以蝙蝠爲形象，呈現左右對稱、成雙展翅的造型，並以線條貫穿，宛如壽字，整體象徵著福壽綿長之意，蘊含著對後代的祝福，取名爲「福壽窗」。

・馬興陳家開基祖・

馬興陳宅，又稱益源大厝，與板橋林家與霧峰林家並稱臺灣三大古宅。陳家的開基祖始於陳武，一七九三年，陳武與兩位兄弟一同從福建泉州來到彰化秀水的馬興村開墾。相傳陳武起初靠著扛扁擔沿街叫賣「青仔」，人皆以「青仔武」稱之；後來生意擴大經營，創立「益源」商號，經營起藥材、米殼、借貸及畜牧等，逐漸成為當地巨富。

・雙連式馬背脊・

一般民宅的屋脊多使用形如馬背的「馬背脊」造型，而馬興陳宅採用「雙連式馬背脊」的設計，這是臺灣傳統建築中較為少見的馬背脊形式。所謂雙連式馬背脊，俗稱為「牽手規」，即將放置訪客轎子的轎廳分別與左右兩側廂房的房頂相連，使內部空間流通，形成互動式的公共空間。

道東書院

道東書院創於清朝咸豐七年（一八五七年），位在今彰化縣和美鎮熱鬧的市區，初由在地士紳倡議募款而建，包括擔任總理的阮鵬程以及陳嘉章、王祖培、鄭凌雲、黃興東等秀才，並由地主黃利祥、黃鐘烈、黃英協捐獻土地，歷時一年多落成，書院主祀的是朱熹，俗稱文祠。

書院方位坐北朝南，是爲三開間二進二廂房的傳統閩南式建築，分前殿與正殿，符合清朝書院完整建築格局的各項要素，如頭門、廳門、講堂、拜亭、廂房、惜字亭及照壁等，在建築史上有其典範價值。書院歷經不同年代的重修，目前是臺灣各處保留清朝書院較完整的代表。

道東書院由地方士紳協力所創，可說是地方投入公共教育事務的代表，而獨奉祀朱熹神位，則彰顯朱子學在閩臺的崇高地位，更重要的是建立了在地文風，從前的道東書院肩負知識傳承和學子功名，現今則是彰化休閒與人文活動的公共空間。

和美道東書院全景，可見正前方的照壁。

道東書院

●地址：彰化縣和美鎮和卿路 101 號

●開放時間：08:00 ~ 17:00，周一公休

陳育萱

彰化人，畢業於東華大學創作與英語文學研究所，現職彰化高中國文老師。曾獲時報文學獎、林榮三文學獎。獲選美國佛蒙特工作室與臺灣文學基地駐村。作品入選《台灣民主小說選法文版》、《九歌 109 年小說選》、《九歌 104 年散文選》。著有短篇小說集《南方從來不下雪》、《那些狂烈的安靜》，長篇小說《不測之人》、《擦亮記憶的星辰》，散文集《佛蒙特沒有咖哩》（合著），繪本《在黑夜抓蛇》（合著）。

道東書院奇遇記

阮俊銘自從被父親指定參與道東書院的活動後，他渾身都提不起勁。

他記得小時候，父親便會帶著他到書院，指著東廡內幾塊木牌子，教他那是先祖的長生祿位。他見父親虛指著某個牌位，向他解釋，這座道東書院得以成立是因為阮鵬程跟幾位仕紳向朝廷力倡興建，「這是和美最早的地方學堂，這裡的牌位是長生祿位，為活人而設的牌位。供奉這樣的牌位是祈求這幾位對書院有功的創建者福壽雙全，你來鞠個躬。」他當時根本不懂，草草彎腰了事，一心只想趕緊到入口處不遠的蓮霧樹下乘涼，順道趕著去搶下午開鍋的無名水煎包，豬肉包加辣椒醬，再來一個甜甜圈，那才是享受。時至今日，到北部讀書的他，早已跟和美小鎮生活感脫離。純因父親之命難違，所以明天他得協助「朱熹誕辰慶典文化祭」，依古禮舉行祝壽三獻祭祀儀式。偏偏母親還提及，朱熹八百九十三週年誕辰難得可貴，他定會替他留下照片，他瞄了一眼古式長袍馬掛，掩不住嘆息卻又無計可施，只得鬱悶睡去。

一早，阮俊銘穿過頭門，復古的磚色映入眼簾，介於土色和珊瑚的紅橙色調除了磚牆，以朱紅上漆的木結構，梁柱斗拱上的彩繪及書法，恢宏格局下的巧思，令他浮躁的心頓時添了穩實的基底。他報到後，換上古服，信步走向面寬三開間，闢三門的前廳，上頭門楣「道東書院」匾，墨跡旁小小一行王席聘，以前父親總會提起這位鹿港名家的手筆。

寧靜片晌，工作人員們忙進忙出的節奏，讓他很快意識到市長議長和其他重量級人物到來後的氣氛轉變。阮俊銘作為整場典禮年紀最小、最無足輕重的助祭者，他能做的不多，充其量遞送用品，活動式人形立牌。然而，儀式的慎重感使他不自覺繃緊神經，試圖融入其中。

儀典從恭進文房四寶開始，緊接著三大獻禮，當祝文誦讀，呈奉奏表，所有人向朱文公行三跪九叩首禮時，阮俊銘在跪拜的過程中，突然間心多跳了一拍，他不甚以為意，緊跟著司儀所述，送表燔燎，北管樂團吹奏大、小樂以延續隆重與典雅。恭化財帛後，祝壽禮願是最後一個環節了，他的眼角餘光確認過了，母親方才已經替他拍了不少照片，他在心底悄悄吁了口氣，總算完成父親的任務。

阮俊銘起身的剎那，他扶了帽，想以端正身姿應對，然而眼前所及，竟然不再是方才冠蓋雲集的場面，那些即將到來的闖關遊戲、等待上場的舞團一個不留，但耳邊倒是響起一道威嚴之音——阮家後代子孫啊，該讓你看看先祖們做了些什麼。

幾位身著士服的壯年男子像是約定好了，齊聚在頭門，片晌入內。他們交談時，提及書院經費一事，其中一人拿出帳冊，阮俊銘跟過去看，發現載有林日豐號、林金盛號等商舖，簿冊封面寫有「文祠」二字，揣測他所見應該是書院興建期間。果不其然，後續見到穿士服的幾位先生跟匠師細細述說，讓他們彩繪廟堂，增建牆垣，阮俊銘看著烈日下精細彩繪，他信步至正殿門外，默讀起兩柱聯「六經註腳秦漢以來獨步，千聖傳心孔孟而後一人」，不禁感慨這棟閩南式建築得來不易。正想向繪師表示敬意時，突然，眼前一陣灼燙，他不禁叫出聲來，「有火！起火了！」他不確定自己喊到嘶啞的聲音是否能被發現，因為夜裡燃燈讀書的年輕學子，踉蹌惶然掩住口鼻，接連過了二進，奔至泮池，見狀像是要打水來滅火。然而，祝融於木構處盡情肆虐，速度快到轉眼間一切成了竹籃打水。年輕學子急著向外求援，驚醒不少住戶。阮俊銘第一次見證大火下迅速焦黑頹圮的老建築，想安慰沮喪學子，卻發現自己持續隱形，什麼忙也幫不了。

不過，他意識到在此奇異時空的光陰有如走馬燈，很快地正殿受損的書院又迎來下一波修繕，由於秀才鄭思齊募捐，重建亦快速完成。阮俊銘坐在蓮霧樹下，凝看老樹旁的惜字亭，側面是一隻泥塑麒麟，正下方另隻他正尋思是什麼時，那長得幾分神似老虎的泥塑一躍而起，跳到他的掌心。這一瞧讓他嚇破膽，早前有那古怪傳音，現在又多了隻神獸。「這絕對不是寶可夢！絕對不是抓寶任務對不對？」他喃喃抗拒，感覺自己快要進入悲傷五階段。

「嗨，我叫阿猊。我是龍的第八個孩子，全名是狻猊。」

「什麼？酸民？」阮俊銘甚至開始在虛空尋找按鈕，看怎麼樣逃脫現況都好。

「你有夠沒禮貌！ㄙㄨㄢㄋㄧˊ——你應該看過我才對啊！佛陀法座上有我的形象，所以叫『獅子座』或『猊座』，香爐蓋也經常有我的造型，當然，傳統書院或廟宇屋脊上所安放的獸件也有我的影子。」

「那這麼偉大的神獸，我怎麼能看到你。呃，您本尊。」阮俊銘想辦法要將手掌上的狻猊甩掉。

「因為今天是朱夫子生日呀，我拜託祂讓我出來玩。畢竟，我守著這字紙亭百年歲月了，至今都還不得閒。你別小看這小小的亭，過去士子都會將寫有字跡的文件整理好，一起送進來焚燒，表達對朱夫子、文昌帝君及倉頡的尊敬。」

阮俊銘聽了苦笑一下，只得應答：「我明白阿猊先生的來歷了，那請問，接下來我們該去哪？」

阿猊昂首擺尾，神尊雖小卻好不神氣，祂悠悠地說：「我呢不需要你陪我，想招待我去玩的神仙還會少嗎？可是，我早就知道你是阮鵬程先生的後人，也見過你小孩時的模樣，看你每次來書院都心不在焉的，所以我決定先舉幾個道東書院的歷史題來問你，若答對得多，就能越早從這出去。」

阮俊銘見阿猊不像玩笑，心底不禁一陣心虛。他捧起祂，故作輕鬆地朝前殿走去，祂隨即跳上他的肩頭：「你不如先說說『道東』書院的名字來由。」

「王道東來……？」

阿猊點點頭：「早年的確是多數用『朱學東傳，王道東來』，但其實東漢馬融贊鄭玄『吾道東矣』，才是比較正確的，表示其學說得人繼承、推廣。」

阮俊銘搔搔頭，忍不住對著秋高氣爽的天空嘆口氣，看得出有點心虛。

豈料，阿猊連個喘息也不給他，直接跳上左廂房前山牆的屋脊，問他：「你看這正脊與垂脊銜接處的山牆突起處，像不像馬鞍？這是道東書院有名的水形馬背！我考考你，罄牌上有壽神及鶴的泥塑像，右廂房那兒是福神與鹿的泥塑像，分別代表什麼？」阮俊銘這回倒是揚眉得意：「不就賀壽，另一邊代表福祿嗎？」阿猊猛然降落到他的手臂：「這你倒是精明。」阿猊擺動尾巴的模樣頗有些可愛，簡直像家裡的貓，這讓阮俊銘不禁偷偷微笑起來。

「別得意太早，走，我們進入正殿。」他托著阿猊來到朱子神位前，祂的態度變得敬慎不少，命他一起向朱子神位，神位前方供奉魁斗星君神像，以及朱子神位後方壁面高懸孔子的畫像敬禮。祂坐在古木桌上，要阮俊銘唸出聲——「集解析疑傳斯文正印　繼往開來為萬世宗師」。阿猊又示意，「東廡祀檀越長生祿位，西廡則祀福德正神。你的祖先就在東廡之中，要不要去參拜一下？」他聽完頓感覺肅穆，幼年時的印象也隨著步入東廡而甦醒，「父親曾不只一次帶我來這……」阿猊仰看著阮俊銘，連他自己也沒察覺，眼神透露出了一絲悵惘。

「回正殿吧，剛才還有好多沒跟你說的。」阿猊要他看正殿前右側壁上的沿革誌石碑，「這是道東書院主講老師黃文鎔先賢所書，左邊則是沿革，係道東書院主講老師許逸漁所撰。」阮俊銘就著刻出的紋路仔細閱讀，「以前我都會跳過這些。」

阿猊嘆氣，「你跳過的還不只這些呢，你看那邊，通梁上承接斗座的地方，是不是很像瓜狀？最下方有綠色像是鴨蹼那般三尖瓣形狀，那是木瓜筒，俗稱鴨腳蹄，這能穩定建築的結構，也是這裡跟鹿港龍山寺才有的。」阮俊銘邊聽邊走，便踏進了正殿旁的空間裡，「這是哪？好像跟方才的東、西廡不同。」

阿猊伸了個懶腰，在他手上坐下來，「問題不該是我問你的嗎，怎麼後來我替你介紹書院？罷了，左側相連正殿的是『耳房』，以前書院夫子居住的地方。還有你瞧這連通兩廡的門，有何特別之處？」

「有方有圓，是不是要提醒學子，『不以規矩，不能成方圓』？」

「你小子孺子可教嘛，沒錯，這是『規矩門』，意喻學子行事要外方內圓，要有規矩。」阿猊看起來神態滿意許多，祂又換了姿勢，改為側臥，模樣又益發可愛，「我有些睏了，我們去前殿瞧瞧。」

阮俊銘帶著阿猊，佇立在前殿前方空地，祂要他留意屋頂右側，「這鰲魚泥塑裝飾造型，有『獨占鰲頭』之意，中間你看到那葫蘆沒，猜猜是何意？」

「跟濟公有關嗎？」

這無厘頭的答案換得阿猊一記瞪：「才誇獎你而已。葫蘆代表福氣，也有鎮煞的意味。還有，你別小看這些木造梁柱及彩繪啊，那可是有名的陳穎派大師的作品。你瞧這『螭虎拱香爐圖』的磚飾，還有代表喜上眉梢的孔雀彩繪磁磚，全都栩栩如生。」

阮俊銘一笑，「說到栩栩如生，哪有祢來得傳神？」

阿猊坐了起來，「我傳神的理由，不過是因為這兒實在經歷了太多起伏。曾經是仕紳奔走才建造修復的書院，後來成為日本憲兵駐屯所，又改設日語講習所。等到戰後時期，這兒又一度成為和美高中。說起來，它歷經被民眾占據、外圍地因為出售給民眾，以致原先的照牆毀去。」

「沒想到真是風波不斷。」阮俊銘帶著祂往池畔走。

「因為後續有建築師漢寶德予以規劃，古蹟評鑑小組的建議，才算修復完成。但是，後續幾年經費不足，連地磚都斑駁脫落，梁柱與隔板也腐蝕得厲害。直到九二一大地震後，才又迎來一次大修復。」阿猊的神情有些低落，「其實，你現在所看到的已經不是最完好的模樣，泥塑文物修復不當，遭剷平改用書寫，門楣的『道東書院』泥塑四字就被破壞。彩繪和書法的神韻，也不及當年。」

阿猊說著說著便跳上泮池旁的牆，「這照壁功用在於避邪擋魔，它的位置也不大對。」阮俊銘試著勸慰祂：「可是至少到現在我所看到的，都算是保存完好的狀態啊，祢應該也在其中出了不少神力。」

這番話讓狻猊心情平復不少，祂一下就從牆上躍回阮俊銘懷中：「若不是遇到你，我可能也不會回顧這麼多事。這些年來，我從守著惜字亭，感受它的爐火氣息，到現今，再也無人拿著字紙，那麼恭敬地焚燒，我的法力減弱不少。」

「原來祢有法力啊？」這下換阮俊銘神情雀躍，「祢最擅長的是什麼？」阿猊露出有點害羞的笑：「就是像這樣，讓你入夢來啊！」阮俊銘聽著，總覺得這簡直是一隻頑皮的貓會做的行為，但他可不能這麼評價，只得應和說：「那我今天總可以通關吧？畢竟，我還是挺配合的。」

阿猊鼓起身上花紋：「你這樣還不及格，還需要再陪我一會。」

阿猊。

此刻阮俊銘確信自己跟阿猊都聽到這道威嚴之音了。

阿猊擺擺尾，用無辜但略帶精明的眼神望著他：「朱夫子在叫我了，我再不回，典禮都要結束了。」

「等等，祢怎麼說走就走——」阮俊銘才要再撫摸這奇遇下的神獸，剎那間，祂三兩朝空中併步，便躍回字紙亭牆面。阮俊銘湊近了看，那不過是再正常不過的泥塑像，他還伸手碰了碰。

「阿銘，典禮都結束了，你怎麼還穿著這身馬褂？來，媽媽再幫你拍一張。」一個閃光燈，讓阮俊銘下意識用手遮擋，「媽？媽，妳怎麼還拍啊，我穿這樣耶。」阮俊銘口中雖是抱怨，但當他脫下這身服裝，將之好好折疊還給主辦方時，他感覺秋涼中的書院，正輕輕吹起一陣宜人的風。

「媽，走之前，我要再去繞一下書院。」

母親微微笑著，「那也再去看一下祖先。」

「好。」阮俊銘的內心升起一股迥異的歸屬感，這個屬於和美的百年書院，原來以一種奇特的方式，照拂著身為後代子孫的他。

百年蓮霧樹發出風襲來時的葉片摩娑聲，細小清脆聲聲入耳，彷彿暗示著書院亙古以來的寧靜。

正殿莊嚴大氣，正上方有立於一八八九年的古匾「梯航絕學」，提字者是晉江進士莊俊元。殿內莊嚴宏偉，正中央供奉的即是朱子牌位。

書院前埕半月池具有防災及調節氣溫功能，也有風水上的意義。

日月圓門位於書院主殿兩側，因形似日月飽滿，有事事圓滿之意，可分隔內外門戶，而其外方內圓也提醒書院的學子：「不以規矩，不能成方圓」，因此也稱規矩門。

書院的方位坐北朝南，格局方正，占地二千五百多坪，此爲自內廟望向講堂一景。

・道東書院・朱子祠・

道東書院建於一八五八年，一般書院普遍奉祠文昌帝君等神明，而道東書院卻獨尊朱熹，擺有「宋徽國文公朱夫子神位」，因此又被稱爲「朱子祠」。如今，道東書院每年仍會舉辦「朱熹誕辰慶典文化祭」，依古禮舉行祝壽儀式，並結合活動表演，延續傳統精神。

・螭虎團爐磚雕・

在道東書院的牆面上，刻有數隻螭虎與團爐圖騰的磚雕裝飾，螭虎，乃傳說的瑞獸，是「龍生九子」之一，帶有祥瑞之意，團爐則爲香爐，意指「香火不斷」，兩者象徵著爲書院學子避邪趨吉的祝福，以及學術禮教能夠永續傳承之期許。

・敬字亭・

書院前埕右側，有一座亭高二層，中段雕有花草，下方有泥塑麒麟及狻猊造型的字紙亭，又名「聖蹟亭」、「敬字亭」與「惜字亭」。對文人而言，書寫過的文字都是珍貴的，前人會將寫過而欲作廢的紙張整理好，一併送入亭中焚燒，以此展現對文字與紙張的尊敬。

・門前半月池聚財納氣・

道東書院前埕有一座水池，形如半形月亮，即半月池。在中國傳統建築中，前埕處往往會建造一座半月池，除了美觀以外，更重要的是基於風水學的觀念，有聚財納氣的說法，同時也兼具防災、調節氣溫等實質性作用。另外半月池前樹立一座照壁，也稱爲「影屏」。

・「福祿」與「鰲頭」・

書院前殿的屋脊中央，有一座葫蘆造型的裝飾，取自「福祿」諧音，有福氣富貴之意，據說此葫蘆之形爲「道東」的象形文字，葫蘆爲「首」字，彩帶則是「之」字旁，合爲「道」字，葫蘆放於桌上，與桌腳、桌巾合爲「東」字，而屋脊左右兩側的燕尾翹脊上，則有泥塑鰲魚的造型，帶有「獨占鰲頭」之意。

原臺南水道

原臺南水道位於臺南市山上區，由濱野彌四郎主持工程，他也是被譽爲「臺灣自來水之父」威廉・巴爾頓的學生。自大正一年（一九一二年）啟建，工期歷時十年，於大正十一年（一九二二年）完工，提供臺南市街、安平與永康地區之用水需求，後因烏山頭水庫、曾文水庫及潭頂淨水廠陸續完成，直到一九八二年方停止運作。而濱野在臺灣陸續完成基隆、臺北、臺中、嘉義、臺南、高雄等都市的水道工程，亦被譽爲「都市的醫師」與「臺灣水道之父」。

原臺南水道系統分爲「水源地區」與「淨水池區」兩區域，區內淨水與送水流程，主要歷經過濾原水的「快濾筒室」，接著透過「送出唧筒室」的唧筒機，將濾水送往一公里外的「淨水池區」，最終再由淨水池配水輸往各家各戶；戰後，因人口增加，使用水量大增，增建「快濾池室」，分擔快濾筒室的濾水量。

原臺南水道是目前臺灣保存最完整的日治時期水道設施，其興建與運作，乃日本在臺推動現代化的例證。如今，原臺南水道以「臺南山上花園水道博物館」之名，對外開放參觀，使我們得以看見自來水的生成過程。

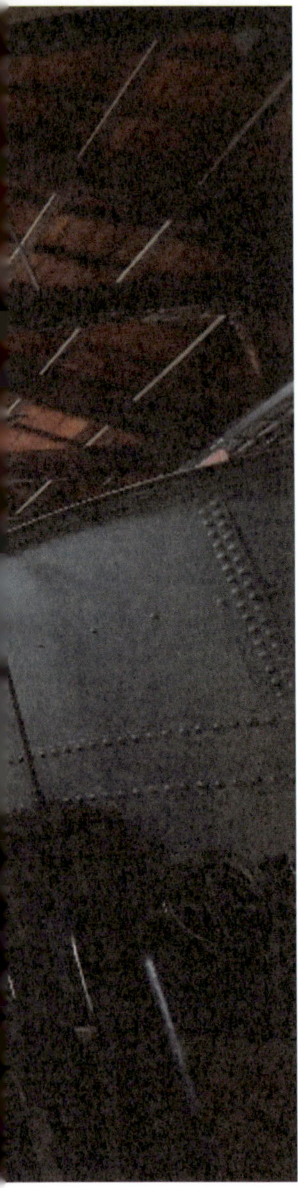

快濾筒室，成列、巨大的木桁架屋頂，凸出太子樓以引入光線。

原臺南水道

●地址：臺南市山上區山上 16 號

●開放時間：09:30~17:30，周三公休

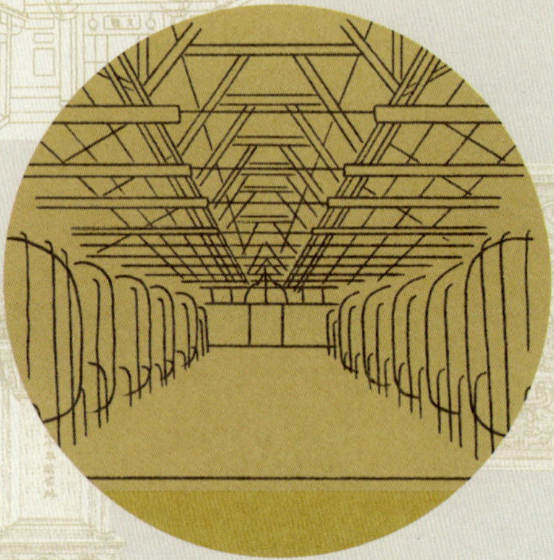

葉淳之

本名葉怡君，臺南市人，畢業於政治大學中國文學系、政治大學新聞研究所，曾任深度報導記者、紀錄片導演、電視製作人等工作。著有《島嶼軌跡》、《思慕微微：走尋裡臺南》，合著《我們的島》，代表作為長篇小說《冥核》。

水之流，足之跡

在永恆闇黑、連音波都吞噬的黑洞裡，於無重力之中漂浮，不知自上次甦醒，又瞑目憩息了多久？我離世之後，時間已無意義；所目皆為無垠無盡，意識如螢火，忽明忽滅，總在被喚醒後才最清明。

忽然某瞬間，有雙堅實溫暖的手，撫觸面頰，應是虛空，卻很真切。混沌中，感受漸漸萌芽，有人一指一指，揉土以填實，泥塑翻雕刀，將鼻梁塑造立體，凹陷眼窩深邃，刻了眉頭痕紋……我的過往，人們看來竟如此憂思？雕塑者又將嘴角拉直，真是這樣緊抿？

是臺南企業家許文龍的手，塑造了我的第二座塑像；於地球紀元西元二〇〇五年五月樹立於臺南水道園區。我的第一座塑像一九二一年由友人捐建，樹立於同址，當時我人已在神戶工作，本以為堅固銅像可久存，未料戰後消佚無蹤。

啊！臺南水道，我怎能忘記？是僅次於臺北，臺灣的第二大水道工程。參與過許多都市規劃及水道建設，卻獨對臺南水道最為用心、竭盡全力。一九一二年至一九二二年，耗費十年完成，期間經歷第一次世界大戰，仍勉力竣工。

此刻，我漂浮在臺南水道寬廣深邃的「濾過器室」上方，俯瞰自英國遠道採購而來、十四座灰藍色的鋼鐵快濾筒，此前用的是義大利濾砂。室內兩百八十九坪，穹頂南北跨距超過十五公尺，是本島產業建築數一數二的恢宏空間。自中央通道緩緩踅過，屋頂上方投射的天光陰影，在規律對稱的木料和鐵桿，工業時代的機器之間流動跳舞。

我滑進「送出唧筒室」和「氣罐機械室」，這裡以白色為四壁，高達十二公尺的挑高屋簷，讓空間越顯明朗寬闊，樓梯、欄杆、廊道，簡潔、優雅、適切的線條，窗戶大小不一、別有意趣，彷彿不是工廠，而是聆聽科學之父的祈禱室。廣大的園區中，清水紅磚砌成的「取入唧筒室」、「化學裝置室」、「濾過器室」、「事務室」等，分布在綠意盎然的草皮及攀高長大的樹木間，各有風貌。後人悉心維護，即便我離開多年，風情卻更添，夏日午後，不斷傳來參觀者與孩童的歡愉嬉笑聲。

生前，我曾沉吟思考何謂「死」？人無法永恆生存，即便尋求長生不老藥，也是幻覺而已。「真正的死，是世界上再沒有一個人記得你。」泰山鴻毛之別，在於眾人記憶裡活過的重量。二戰的東京大空襲，我許多家人離世，只有身體健壯的小兒子倖存。我知曉，他思及獨活，每每悲泣。除了家人，強力召喚我的念想，是日本水道學者道場紀久雄。一九七八年，他拜訪我的恩師巴爾頓的孫女，無意間發現老師的銅像揭幕式由我代表致詞，勾起興趣，探詢我生前足跡、撰寫出版傳記。

若非此，我幾乎將沉睡至轉世。他的奔走讓濱野彌四郎重現世人面前，日後許文龍塑像，應當亦緣於此。

個人渺小，不足一論，但所有參與臺南及臺灣各地水道，胼手胝足的奮鬥史，攸關一捧清澈水之發源，不該被抹滅。

一八六九年，我生於日本國千葉縣，人生三分之一最菁華歲月，奉獻給美麗的島嶼，都與水有關。註定就是離開宗家、出外闖蕩、自立自強的命吧。我本名黑川彌次郎，宗家是寺臺村的大地主，擁有許多山林田地。生為次男，若是該繼承的長男，就完全不一樣了。一八八六年，考上東京大學預備班第一高等中學，帝都霍亂流行，七月死了六百八十一人，八月更有三千五百一十六人遭難，火葬場日夜飄浮白煙[1]，成為腦海最深刻的景象。東京陷入疫區，想回千葉老家，必須繞路遠行，旅途勞累加上染病，一到家就倒了，連續高燒三天，父母把我送到大醫院「濟生堂」，認識了養父，濱野昇。

養父改變了我的，不只是姓氏和繼承，沒有他的前導鼓勵，可能不會到臺灣。濱野家是佐倉藩的藩醫，養父的父親濱野了元鑽研西洋醫學，推廣接種牛痘疫苗，預防天花，又擔任首屈一指的醫院順天堂副監督，教授醫者。養父也是醫師，開設濟生堂病院，規模宏大，與順天堂齊名，又有志公共事務，在千葉縣議會擔任議員後，當選了第一屆國會眾議院眾議員。

說是養父，濱野昇不過大我十五歲，比起父子，更像兄弟。昇婚後十年，一直沒有小孩，我們對人類福祉和公共衛生都抱持熱情，他考慮後繼，決定收我當養子。入籍濱野家，改名濱野彌四郎時，已十九歲。養父期待我繼承醫院，成為「人類的醫生」；我雖知道人醫的收入和地位高於工程師，但公衛工程能拯救數萬、數十萬人，想從事工學守護生命，擔任「都市的醫師」，養父最終理解並接受了。學制經常改變，求學過程不順，二十四歲才進入東京大學工科學院，是個「老」大學生了，更珍惜求知惕勵的機會。

在東京大學，認識了影響生命的第二人，威廉·巴爾頓老師。

老師是蘇格蘭人，生於一八五六年，大我十三歲，畢業於愛丁堡工業專門學校，三十歲來到日本，三十一歲就任東京帝大工科學院土木學科衛生工學教師。老師的父親被譽為「蘇格蘭第一位歷史作家」，地位崇高；老師承襲父親的忍耐與堅持，多少也影響了我。

老師重視轉型工業社會，人口集中都市造成的水汙染和傳染病，視水道事業為公共事業，注重大眾利益，而非私人營利，應以合理的預算及技術為基礎，完善供水給人民。他提出日本最早的汙水下水道計畫，因擔任東京帝大衛生工學教師和內務省衛生局技師顧問，等同於日本學術與技術界最高權威。東京、神戶、大阪、名古屋等都由他參與調查、建言，東京水道是他最重要的作品。能跟著這樣的老師學習，我充滿熱忱和喜悅。

但民智未開，大眾很難想像水與疾病有關，糞尿當肥料澆灌合情合理，對道路汙水橫流也不在意。建設東京下水道時，影響交通往來，就有十萬人簽署「中止建言書」。

養父在西南戰爭擔任軍醫時，認識之後擔任臺灣第一任總督的樺山資紀；一八九五年四月臺灣成為日本領土，養父被聘為臺灣總督府顧問，該年五月抵達臺灣。他回日本後表示，臺灣水質很差、河川汙濁，有些臺北居民喝水還要放砂糖，否則難以下嚥；軍人水土不服，染患疫病，病死遠比戰死的多，連北白川宮親王都染疫病逝！水的問題實在太嚴重了。

日本的中央衛生會倡議「派遣衛生環境技師」赴臺，養父與衛生會合作過衛生事務，內務省衛生局局長後藤新平想借重巴爾頓老師，親自遊說我和老師赴臺灣推動水道工程。養父對臺灣的憂心、加上他的親兒出生，濱野家不是「非我不可」，老師也來商量齊到臺灣……宛如命運的齒輪準確嵌合，「卡」的一聲，阻絕了我的迷惘困惑。

臺灣是未知且危險之地啊……此去，只能抱著「埋骨」的覺悟。

或許回不了日本了。

更讓我掛心的，是未婚妻宮崎久米，我們於一八九六年初訂婚。久米是養父妻子的妹妹，和養父又結為連襟，是何等深重的緣分。幸好久米願意赴臺，等局勢安定，就能長相廝守，我更感肩負重任，一定要讓臺灣住居安全衛生，好好守護久米才行。

臺灣總督府任命巴爾頓老師為總督府衛生工程顧問囑託，我則是民政局技師。一八九六年八月五日抵達基隆，儘管四處眺望，風景清麗，但工作卻遇上嚴苛考驗，基礎調查包含人口統計資料、地形圖、測量圖、氣候和降雨紀錄、河川流量及水位、洪水頻率等，都付之闕如。只能從零開始，就主要河川水位、洪水頻率、居民用水用量做基礎調查，我們往返臺北、基隆、臺中，九月四日向民政局提出一萬六千字的《衛生工事調查報告書》。

不只資料匱乏，臺灣居民雖抵抗暫歇，仍深懷敵意，這裡衛生環境很糟糕，就像百年前的日本吧！基隆市街和淡水河岸堆積塵土、垃圾和汙穢物，河岸沒有堤防，一旦風強雨大，汙物就流動擴散；熱鬧的臺北艋舺和大稻埕道路狹隘、臭氣熏天。尤其是艋舺，我在報告書中疾呼：「這裡的居民應是最令人憐憫的」，這是霍亂和瘟疫的溫床，必須採取作為呀！

根據總督府一九〇六年的正式調查，本島男性的平均餘命是二十七點七歲，女性是二十九歲[2]。一八九六年環境更差，餘命可能更短。這樣日本人如何居住？統治又如何服人呢？

只有一個月不到的初步調查是不夠的，老師和我都認為「非有更進一步調查不可」。除了衛生改革提案，我們又奉派上海、香港、新加坡考察，尤其是新加坡有華人和多種族居民，參照很有價值。回來後，逐步提出臺灣的市區改正、道路整備和上下水道規劃的計畫等。這段期間，後藤新平局長對臺灣狀況常提建言，一八九八年受兒玉源太郎總督之邀，轉任總督府民政局局長，成為我們強力的奧援。他導入公醫制度、上下水道整備等，對臺灣的公衛影響力無出其右。

但為了完成進一步調查，巴爾頓老師卻失去了性命。

一八九八年夏天，老師和我溯溪新店溪上游，勘查大臺北水源源頭，出發前擔心山區有強悍的番人（原住民）以及風土病。但遇到的烏來社人笑臉迎人，而老師卻不幸感染了瘧疾，高燒不退，又罹患赤痢，醫院收治十二位相同的病患，最後只有老師倖存。

大病初癒，卻已深埋病根的老師，向後藤局長請了長假，偕妻女回蘇格蘭省親，短暫停留日本，便因長期積勞，爆發了肝膿腫，隨即過世。

噩耗有如雷擊！我不只失去恩師，更失去重要的戰友。他的女兒多滿，稚齡六歲便失怙。我和久米在臺育有三男三女，長女不幸跌入水井溺斃，長男也染患腦膜炎過世，我與久米將多滿當女兒對待。老師壯志未酬，我決心繼承遺志，一定要讓臺灣宜居！否則，老師白死，我也白活了！

此後，我戮力從公，參與規劃了全島十六處上水道系統，包含臺北水道、基隆水道、打狗水道、嘉義水道、臺中水道等，以及十六處全島城鄉規劃，包括臺北、臺南、新竹、臺中、基隆、嘉義、南投等，不敢說高瞻遠矚，卻是滿懷熱忱。為了實踐師徒共通理念，除了改善環境衛生，也考慮風土民情與居民知識水平，兼顧總督府法律制定、統治方式和工商發展。此時日本各地城鄉規劃緩慢進行，臺灣後發先至，我可謂無愧於心。

府城是古城，本來四處都有水井，有些更是十七世紀荷蘭人開鑿，例如市區的「大井頭」、赤崁樓的「烏鬼井」等，比起其他地區，臺南水的清潔度尚可接受；老師提出引用曾文溪地表水，採行兼用地心引力的「自然流下法」和馬達抽水的「唧筒法」兩種導水方式。當時，臺南市區人口八萬多人，以十萬人設計供水量。因建設嘉南大圳聞名的八田與一技師，是土木局同仁，也協助臺南水道的監督和驗收。

不知不覺，在臺二十三年，投入了最精壯的盛年時光，決定返歸日本。回日前，我編寫了《臺灣水道誌》、《臺灣水道誌圖譜》，為臺灣水道建設留下紀錄，也為臺灣水道史寫下首部曲。倡議建立巴爾頓老師銅像，是我念茲在茲的心願，紀念這位遠赴東方、為臺灣付出寶貴生命的蘇格蘭人。一九一九年，銅像在臺北水道揭幕，放下心中大石。返日後，友人木村匡、舊屬八田與一等，也熱心在臺南水道樹立了我的塑像，想起昔日共事誠摯情誼，不禁熱淚盈眶。

六十三歲，我在日本因病離世；後來也辭世的友人說，至一九四一年，臺灣男性平均餘命四十一歲，女性四十五點七歲，比起我剛到多了十三到十六歲[3]！

不枉老師與我的臺灣行，也不枉此生了。

有賴之後的自來水公司悉心保養，系統使用許多年，如今臺南供水擴增至一百七十萬人，出水量增加五十五倍，自來水普及率超過九十九%[4]。臺南市政府和市民積極爭取彰顯產業歷史建築，二〇〇五年臺灣內政部公告「原臺南水道」為國定古蹟；二〇一〇年榮膺日本土木學會「獲獎土木遺產」，是繼八田與一建造的烏山頭水庫，第二處座落臺南、學會認定的文化資產，由臺南市府和文化部文化資產局齊心維護至今。

回憶在老師銅像的揭幕式上，我說：「大概生於此世間的人，沒有人不期望生命是永恆的。要怎麼做才能達成願望呢？我想，善盡天職、完成使命，就能直接擁有生命的永恆。」

於漂浮的無涯之中，與老師互望凝視，太多別來的話，毋須多說。

1——此數據引用自稻場紀久雄《都市的醫生——濱野彌四郎之足跡》。
2——此數據引用自吳聰敢《台灣經濟四百年》。
3——同上註。
4——此數據引用自張玉璜《原臺南水道》。

photo album

快濾筒室建於日治時期大正年間。原水經過沉澱池初步沉澱後，導入快濾筒室的化學加藥室淨水，再輸送至快濾筒過濾，再輸送至喞筒室。

二戰後人口增加、用水量大增，日治時期的快濾器室已不敷使用，臺灣自來水公司於一九五二年增建快濾池室。

唧筒室於一九二二年啟用，由於淨水池的地勢較高，需要透過唧筒室內的唧筒機，將水輸送至地勢較高的淨水地區，是濾水送去南側淨水區的最後一環。

過濾後的淨水由淨水池區分配給各家各戶，如今區內建築物雖已停止使用，仍保留過去的遺跡風貌。

一九一〇年代，淨水池區施工照。（國立臺灣大學圖書館數位典藏館提供）

一九一〇年代，快濾筒室內部。（國立臺灣大學圖書館數位典藏館提供）

一九一〇年代，送出喞筒室外觀。（國立臺灣大學圖書館數位典藏館提供）

一九一〇年代，淨水池區入口。（國立臺灣大學圖書館數位典藏館提供）

·都市的醫師，濱野彌四郎·

濱野彌四郎，是蘇格蘭人威廉·巴爾頓的學生。濱野在臺灣陸續完成基隆、臺北、臺中、嘉義、臺南、高雄等都市的水道工程，亦被譽爲「都市的醫師」與「臺灣水道之父」。而臺南水道當年即是由濱野彌四郎擔任工程師主持興建案而促成。

·發電輸水的唧筒機·

經過快濾池室過濾的濾水，會送至唧筒室，透過唧筒機發電，將濾水輸往地勢較高的淨水池。唧筒室於一九二二年啟用，是南臺灣第一座火力發電設備，亦是水道系統規模最大的建築體。室內整體空間，除了唧筒室設有四組唧筒機，還包括設備維修室、凝氣室、火力發電室、變壓器室等提供唧筒機電力的相關設備。

·讓溪水變為自來水的快濾筒·

原臺南水道啟用於一九二二年，從溪水原水變爲自來水的工序精密且複雜，主要會經歷沉澱池沉澱，化學室加藥，快濾筒室過濾，送出唧筒室發電，再送至淨水池，最終分送給居民用水。此插畫爲快濾筒，而快濾筒室作爲濾水流程中重要的基礎環節，內部共有十四座快濾筒，進行過濾原水與反沖洗砂的操作，過濾潔淨後，輸送至唧筒室。

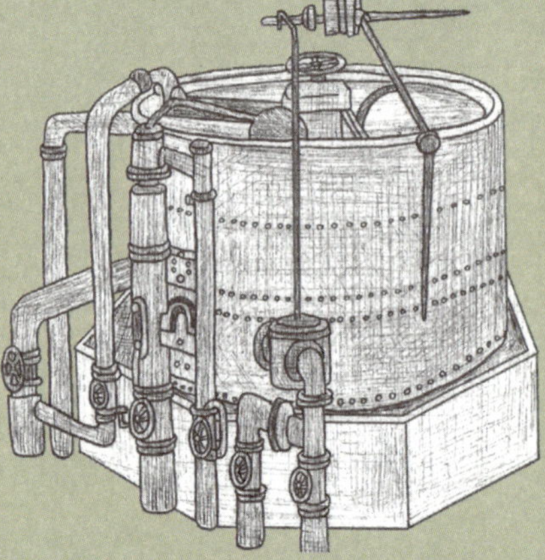

・「南水」背後的歷史・

淨水池區有一處山牆上，仍保留著日治時期原臺南水道的石雕標誌，此標誌以「南」字爲形設計造型，象徵著臺南水道。一九八〇年代以前，臺南水道長期供應著臺南市區的水源，後期因烏山頭水庫、曾文水庫與潭頂水廠陸續建成，最終取代了不敷使用的老舊設施。直到二〇一九年起，原址再次以臺南山上花園水道博物館之名對外開放。

・各家各戶用水從淨水池來・

透過喞筒機將濾水送至淨水池區後，會從此地將自來水配送至各家使用。淨水池區入口處有一外觀形如碉堡，爲天然石材與仿石塊兩種組合而成的灰色建物。近年來，由於淨水池內部閒置，無意中成爲了臺灣葉鼻蝠的棲息地，形成古蹟以外的自然生態區，別有一番新風貌。

竹仔門電廠

竹仔門電廠正式名稱爲「高屏發電廠竹仔門分廠」，建於明治四十一年（一九〇八年），位在今高雄市美濃區，是日治初期所建的第一代川流式水力設備。電廠取自在地荖濃溪的水力，利用地形二十一點三公尺的落差，將溪水導入高三點二公尺、寬三點二公尺、長五百零五公尺的馬蹄型隧道，穿過山嶺再流經三百五十公尺的明渠，經過三道攔汙設備到前池，最後由四條壓力鋼管引水到屋內電廠發電。

廠區建築是一棟三層磚造樓房，機具空間爲兩層樓挑高，立面由弧形山牆及成列的拱形窗戶組成，屋面設置牛眼窗，少了冰冷的工業感，增添典雅溫潤的況味。

竹仔門電廠生產的電力，可供應臺南、高雄等城市使用，更是當時打狗築港工程和竹寮取水站的電力來源，因此被視爲奠定南臺灣現代化的重要基礎，發電後的水則引入獅子頭水圳，灌溉美濃平原四千多甲農地，在工業、農業上都有很大的貢獻。

電廠後方，以四條取水管引水，利用高低落差推動水輪發電機組。

竹仔門電廠

●地址：高雄市美濃區竹門 20 號

●開放時間：預約制

謝鑫佑

臺南人，生於一九七七年。小說家、LGBTQ平權社運人士，雲門舞集前任文膽。現主持Podcast廣播節目「笨瓜秀pourquoi show」。曾獲臺北文學獎小說優等獎、竹塹文學獎短篇小說首獎、全國巡迴文藝營創作獎小說首獎，多篇小說手稿於二〇二二年獲國家圖書館永久典藏，著有長篇小說《五囝仙偷走的祕密》、《我的家在康樂里》等。

姐婆[1]

是直到吳望忠將劉後妹最後一批衣物放進箱裡，他才想起姐婆過世已整整十年。自有記憶以來，劉後妹是他唯一的親人。

大約國小三年級時聽劉後妹提過母親在他五歲出遠門，隔年仍未見其返家，吳望忠就知道，這個話題未來也不宜再提。所以在未來二十五年時光裡，是高齡七十一歲的劉後妹一手將他拉拔長大，而那些塵封櫃中長達十年之久的暗藍素色細麻大襟衫如記憶般色澤鮮豔飽滿。

四月遲至的春雨讓空氣濃得化不開。

晚飯後，吳望忠一邊洗碗一邊聽著電視新聞播報日本也在歷經兩年多的疫情封控後，解除對全世界一百多個國家的入境管制，他想起自己在上個月得知入境隔離縮減為三天時曾一度衝動赴日，但冷靜細思，八年感情似乎也到盡頭，彷彿自己身上也能看見姐婆、母親的影子。

吳望忠將厚厚書信讀完，仔細折疊，捆回屬於它的年分。

山中先生：

容我再次寫信給您。對於這麼久沒聯繫深感歉意。

今天從孫子口中得知竹仔門發電所成為國定古蹟，為此開心許久，八年前發電所才列為三級古蹟，沒想到……哎呀，實在抱歉，這麼多年還是改不了口，後來那些名字，甚麼高屏發電廠竹門分廠、機組，對我而言都十分陌生，彷彿不曾去過似的，這麼想確實令人莞爾，望忠說，最後名稱確定是「竹仔門電廠」，好像又回到從前一樣呢。

記得十多年向您提過，發電所評估後差點面臨拆除命運，畢竟從明治四十三年到昭和六十三年，當年您細細與我說明的那些電動機、水輪機也運轉了七十八年，真是辛苦它們了。

如果我沒記錯，它們是來自德國與瑞士的麼？哎，真是對不起，前年望忠幫我過完九十歲生日後，我的記性就好像下課後急著抹掉的黑板，說到這個，到現在我依然很感激您當時堅持要我跟著大家一起學讀書寫字，讓我後來能持續寫信給您。這個世界後來的改變好大呢。

山中先生還記得您剛到發電所的情景麼？當時的我才十一歲，前一年也才剛進所裏負責打掃，卻頻頻讓您喊前輩，實在深感愧歉，尤其因為得知您從龜山調來，夾纏著問臺北之事，如今想來，或許是因為即便相差十一歲，但放眼整個所區，我們的年紀最為相近，您不忍責備，反而助長了我的無知與驕縱。

到現在我依然記得，那天晨會站在滔滔不絕的所長旁，在初陽下對我吐舌扮鬼臉的您，以及時常在夢裏出現，茳濃溪水流經壓力鋼管發出的淙淙巨響，這一切種種至今仍讓我頭暈目眩。

我一直很想回發電所看看。後年是您離開的八十年，或許應該讓望忠陪我去探望您。

最後，請依舊容許我的思念。

晚　劉後妹　拜上　平成十五年十月廿八日

雖然吳望忠不曾明說，但疫情確實改變了許多事。

去年總公司宣布結束海外市場後，臺灣分公司與日籍男友如同當初自日本炫風抵臺般，行色匆匆帶走這八年來被吳望忠珍視的一切與未來。

他留下的許多東西，吳望忠裝箱時刻意堆放到屋子的最角落，也刻意不去翻動交往時一起出遊東京明治神宮拿回的簡介手冊，吳望忠不明白這些印刷品為何存放這麼多年而未丟棄？

氣象說今年是繼二〇一八年後最冷的冬季，點燃煤油暖爐後，吳望忠繼續翻譯姐婆的書信，這已經成為半年多來唯一一件能讓他心緒平靜的事。

山中先生：

今年冬天來得好晚，現在雖然十二月，但依舊不怎麼冷。

有件事一定得讓您知道，您還記得發電所入口山坡上的水神宮麼？這個月重修改建成傳統廟宇，鳥居被拆除了，岡田安久次郎先生的紀念碑也被移走了，不知道以後會不會再設立，實在令人擔憂。

發電所竣工兩年後的明治四十四年，獅子頭圳也跟著完成設置，總督府興建了水神宮，想想真的很不可思議，那一年正好我出生，卻是十一年後認識您、與您一同前往神社參拜水份天神、大麻天照大神，但也僅僅這麼一次。

反而是後來國民政府來了，廟裏改拜水官大帝、五穀爺、神農大帝與鍾丁伯、涂百清、蕭阿王水利三恩公，才比較常去，可能因為是我們客家人從小親近的神祇，也可能因為那時有了妹仔，看著裊裊升煙確實讓我心裏踏實，畢竟當年已經卅四歲。後來妹仔出生，兩年後丈夫外遇離開，這一路走來，若不是眾神以及您在天上看顧，我實在不知道該怎麼辦。

說到這個，倒是發電所水口的石頭伯公，在離開美濃前，我每天都去貢茶換花，每次沿著鋼管旁斜坡往上走，聽著引水明渠兩岸隨風搖曳的竹林低吟，彷彿又回到那年您一邊細數著竹仔門溝畔入夏將開的朱槿，一邊佯裝毫不在意卻又難掩欣喜地談論起將迎娶的嫂子。

即便至今已過七十二年，我依然記得當時您的雙眼，好像傍晚獨自流經美濃的荖濃溪般，閃閃發亮。

晚　劉後妹　拜上　平成七年十二月廿四日

相較其他人，平成、昭和、大正這些年號對吳望忠而言不僅熟悉，更緊緊牽起與姐婆的回憶，有些童年時聽過，有些則蜿蜒書信上歷歷在目。

從去年四月開始翻譯至今整整一年，那些每一年超過五十封捆成落、每十年約莫近千封裝成盒的思念，讓五歲那年被姐婆帶離高雄，對美濃毫無記憶的吳望忠，有了攀繩的節點。

七組拱窗撐起的仿歐式巴洛克建築、四組高懸於側山牆的圓形拱窗、如鐘樓剖面輪廓莊嚴的屋尖頂部，以及雄偉廠房駝著的太子樓閣頂，竹仔門電廠緊依山腳矗立，朝山一面連通四根巨型壓力鋼管，引水而下，捲動廠房內水輪發電機組，為臺南市街與打狗港築港工程提供電力。

發電後的尾水，順獅子頭圳流往美濃，灌溉良田五千甲，這片廣袤之地由一年一期稻作轉為兩期稻、一期菸，成為占全高雄稻量二分之一的南國穀倉。

此外，當然還有那位因感懷悼念，遲至二十九歲出嫁、四十四歲才產女的客家女性的敦厚與鍾情。

山中先生：

請您幫幫忙，我已經想盡辦法，但一個婦道人家，實在不知道還能做些甚麼。

昨日鼓起勇氣把信寄出，這是寫給臺電發電處處長邱遠揚的第四封信，《今日美濃》發行人黃森松說，只要陳情的人夠多，事情就有轉圜機會，竹仔門發電所才有可能留下。

想到前年得知發電所被評估從明治四十三年啟用已運轉七十八年，設備老舊，廠房安全堪慮，排定拆除時程時，當晚我躲在廚房哭了好久，那時年僅十一歲的望忠好幾次跑來問我在做甚麼。

山中先生啊，您知道麼？當晚我一直想起八年前自殺過世的妹仔，當時望忠才五歲，我騙他阿姆出遠門，然後就像帶大她一樣在接下來的日子獨自扶養他。原本以為年紀過了七十，也毅然決然離開美濃，從此可以不用再跟誰道別，卻沒料想聽到發電所的事，心還是碎了。

您可能還記得曾向您說過，離開發電所後我去菸樓工作的事，因為尾水灌溉，菸業與稻作讓美濃變得好熱鬧，鎮上雖然只有六萬人，但酒樓就有七、八間，電影院也有三間，我就記得跟妹仔去看過《河邊春夢》、《煙雨濛濛》、《今天不回家》，反而跟望忠搬到臺北後變得不太看電影，但每次聽到那些歌曲，還是會想起那幾年的事，還有發電所的事。

誠心祈禱，希望山中先生保佑。

晚　劉後妹　拜上　平成二年十月七日

是因為徹底整理房子，吳望忠才將必須交給仲介的文件備齊，許多資料被姐婆收納在難以發現的深處，如同祕密；也因為如此，他發現自己其實對姐婆留下的這間屋子，有著未曾察覺的深厚情感。

劉後妹一人用四十多年的時間將兩房兩廳的空間塞滿最後獨留給吳望忠一人回味的點滴記憶。

那張早已沉暗斑駁還能勉強充作衣櫃門片的客家花布，那兩條各自房裡透著些微霉味與潮濕水氣彷彿會在夜裡發出潺潺水聲的棉被，以及那張在廚房餐廳的圓形餐桌，是自己從前讀書寫字的書桌，是後來加班趕報告的工作臺，也是姐婆每個周日晚飯後寫信時重返的故鄉，當然也是她可能並不知道，其實吳望忠都知悉她偶而因寂寞而淚湧沖潰的渠岸。

那是十歲進電廠灑掃長達半世紀、歷經摯愛離世、看遍整個美濃枯榮興衰，才有辦法獨自撫養吳望忠的生命。

在簽下賣屋委託契約的那一刻，吳望忠似乎能理解劉後妹對竹仔門電廠的感情，還有那些在信裡無法割捨的想念。

山中先生：

延續上一封信向您提及之事，到了這個月已有超過五百萬人回去，連年初留用的技術人員與學者教師，也有不少人選擇離開，倒是所裏大家都還在，只是從去年戰爭結束後到現在，每個人心情都很低落。

想起去年八月十五日正午十二時，所有人被集合到所房前，我挺著肚子在隊伍最後一排，盛暑曬得我汗流浹背。雖然距離預產期還有三個月，但玉音放送後，強烈疼痛向腹部襲來，為了不讓自己摔倒，我記得我緊緊抓著手上的掃把，慢慢蹲下。

所有人都哭了。

那個哭聲讓我想起我獲救的隔年，大正天皇駕崩時大家也是如此痛不欲生，彷彿天空裂開了一道再也無法癒合的縫，將太陽光硬生切開，當時年僅十五歲的我也哭了好幾天，是後來嫂子為您所生雙胞胎的嘹亮哭聲響徹整個宿舍，大家才想起甚麼似地止住淚水。

阿爸說，十四年前明治天皇駕崩時，許多臺灣人跟著服喪，那時還未滿足歲的我被阿姆背著參加町上祭奠，整個靈堂就數我的哭聲最響。

這些事現在想起來都覺得好遙遠，當年還是不懂事的女孩，去年我也生下妹仔成為母親。這半年太陽旗陸續撤下，去年十月國民政府接管了臺灣電力株式會社，改組為臺灣有限電力公司，發電所也改名竹仔門了。

雖然事隔一年，但還是想問看看，如果廿二年前您沒跟嫂子結婚，那您會選擇回日本，還是留在臺灣？如果這個問題魯莽失禮，還請您原諒，這全是因為我個人小小好奇與大大的期待。

晚　劉後妹　拜上　昭和廿一年十二月廿二日

梅雨接近尾聲之際，房仲一通電話似乎為持續兩年半的混亂生活劃下句點。

雖然至今吳望忠仍不清楚這項漫長的決定是否正確，但在十一月交屋前，他有六個月的時間能好好思考未來移居的城市。

或許對四十七歲的中年男子而言，異動充滿未知的危險，但工作、生活，甚或感情能重新開始，或許是當初在衣櫃角落發現姐婆那只上鎖的發霉皮箱時，冥冥之中早有安排。

然而，就在吳望忠決定走一趟竹仔門電廠之際，得知電廠即將閉廠維修數年，想去得快。二〇二四年六月二十一日，他獨自前往早無任何記憶的故鄉美濃。

山中先生：

請原諒我今天根本無心工作。

早在從所長口中得知立碑的日子後，我便渾渾噩噩直到現在，不知是否因為今天躲在宿舍牆旁想看工人施工而淋雨著涼，寫信的現在我全身灼熱，臉上的汗沿眼角滴下，如同當初您將我從引水明渠中撈起的當晚，我也是這樣高燒顫慄，雙眼如泉湧不止。

想起種種情境，這麼多年後我依然害怕，有好一段時間我不敢上去前池，即便告訴自己一年、兩年、五年、十年，一切會愈來愈好，但我還是在後來能去為伯公貢茶換花時，感到陣陣心痛。

您還記得您剛來的第二天麼？所長要我帶您認識發電所，當時我才十一歲，雖然已在所裏打掃一年，但甚麼都還不知道呀，只好帶您爬上秘密基地，那裏有伯公、有朱槿、還有會唱歌的竹林。

您在那裏教我背熟五十音、教我看獅子頭圳的水流、陪我一起罵班上欺負我的同學，還在那裏告訴我你相親時的糗事，我們一起在那裏看了廿六次夕陽、巡了一百三十五次水道、吃了兩百四十七次便當。

今天傍晚離開發電所大門時，在春雨中看著刻有您與上利良造先生名字的勒石，彷彿您還在，只是忘了拿傘，在今年梅雨即將開始的這天又再次來竹仔門發電所。

請原諒我被巨大的悲傷吞噬至今無法抑止的眼淚。

晚　劉後妹　拜上　昭和十二年四月廿一日

高鐵南下的車上，吳望忠翻看手機裡一張張翻譯後為記錄而拍的照片，那些累積了九十年、總共五千六百七十四封日文書信，是高壽至一百零一歲才離開人世的姐婆的思念。

引水前池旁守護水口的石頭伯公、順坡而下的茎濃溪支幹水圳、拱門裙帶的巴洛克廠房、祀奉日人與客人神祇的廟宇，以及那位落水殉職的日本人，每一處都如此陌生，卻又無比熟悉。

當吳望忠行入廠區走近紀念碑時，立於山中三雄的石碑前，那位全身黑衣、高大寬肩，留著修飾乾淨落腮鬍的男人正憑弔禮畢。

他抬起頭，目光正巧與吳望忠對視。像是為了化解尷尬，男人對他吐舌扮鬼臉，吳望忠彷彿看見姐婆第一次見到山中三雄的情景，也想起九年前初識日籍男友的那一天。

男人挪了挪身體，退開一步，再次向吳望忠微笑，這次吳望忠看到他的臉頰微微泛紅。

風吹得石碑四周的翠綠草地沙沙作響，不遠處宿舍前的茄苳樹傳來清脆聲音。

在吳望忠正要開口說話同一時間，男人用日文回答：「您好，今天是我曾祖父逝世九十九年，特來悼念，我叫山中……。」

1——姐婆：客家語外婆之意。

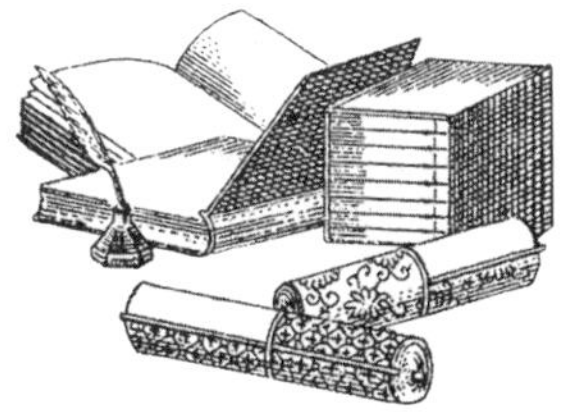

由日本總督府開鑿長達五百〇五公尺的隧道暗渠，引荖濃溪進入水道三百五十公尺的明渠，四條二十一點三公尺高低差的取水管，從上而下形成最大景觀特色，水管上方垂直管，是爲了水量太急時可釋放壓力。

園區內有三座石碑，是紀念因故殉職的三位日籍工作同仁。三座左起分別是一九一〇年上良利造，觸電殉職；一九三七年山中三雄，清除水池落水殉職；一九二七年青柳義男，感冒殉職。

竹仔門電廠內設有德國柏林 AEG 公司製造之橫軸雙輪法蘭西斯式水輪發電機四部，這些機組是電廠的核心，運作近百年時光，爲當年的打狗提供充足電力，發電後的尾水也灌溉了美濃。

竹仔門電廠的機組控制室，有一整面繁複精細的操控面板，早年完全是由人力二十四小時掌控，工作人員必須輪流值班，確保電廠運轉不中斷。

約一九五〇年代，竹仔門員工在引水道工作，一開始都是以人工進行修護，十分辛苦。（竹仔門電廠提供）

約一九五〇年代，以人工挑石，修護荖濃溪臨時壩。（竹仔門電廠提供）

約一九五〇年代，員工進行攔汙柵修護的情況。（竹仔門電廠提供）

約一九五〇年代，竹仔門電廠舉辦員工與眷屬的康樂活動。（竹仔門電廠提供）

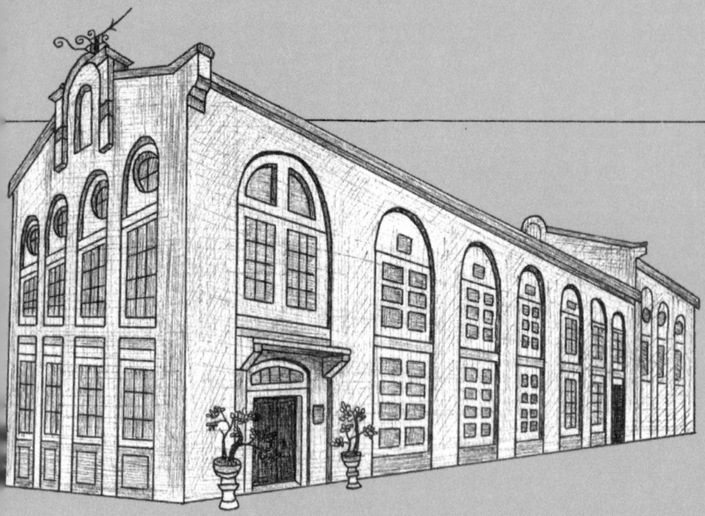

·東西合璧的現代化電廠·

竹仔門發電廠位於高雄美濃，興建於一九〇八年，屬於第一代川流式發電廠，運用荖濃溪的水力發電，從日治時期起，供應著南臺灣地區的民生與工業電力，是全臺最古老且仍在運轉中的發電廠。發電廠本體爲三層的磚造樓房，以西方新古典主義的建築風格爲主。

·具有散熱功能的高凸式氣窗·

由於發電廠啟動時會產生強大熱能，當時臺灣又尚未引進空調設備，因此竹仔門電廠除了在牆面的設計上採用大面窗戶來通風，在屋頂上方，還建有具散熱功能的高凸式氣窗，民間稱爲「太子樓」，並以日本大阪式菸樓的氣窗爲樣式，增加作業區的散熱速度。

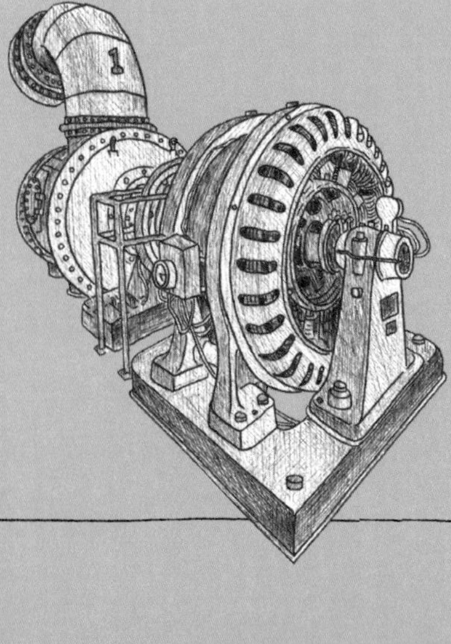

·作為電廠核心的發電機組·

在發電機室內，裝有四臺法蘭西式水輪發電機組，這是當年從德國柏林 A.E.G. 公司進口的機組，由於當時的科技尚無法透過遠端控制機臺，主要以人力操作管理機組，操作員每天輪班值勤，二十四小時不停歇，即便是第二次世界大戰期間，這些機組也從未休息。

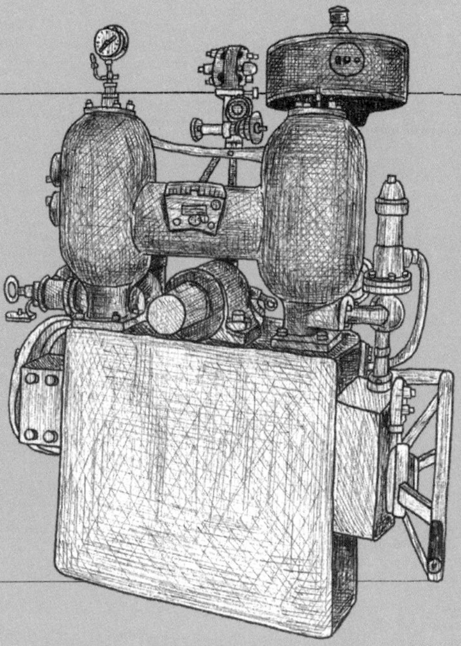

·維持電力穩定的調速機·

在發電廠區中，還有另一項重要的機械設備，是調整水輪發電機組轉速的調速機。此電廠雖爲川流式發電，但因爲水有落差位，需透過調速系統來控制進入水輪機的水量，使機組的電能頻率維持平衡，以達到轉速平穩，如此一來，發電機的電力品質才能穩定。

·戰時也要監控機器的室內防空洞·

電廠一樓作業區內部靠牆處，建有一座圓柱狀的室內防空洞，柱體牆面上有一個方形孔洞，用以從內部監看機組運轉。竹仔門電廠歷經第二次世界大戰，當時臺灣被視爲日本屬地，是主戰國攻擊地區，而電廠作爲民生及工業電力來源，往往是軍方攻擊的目標；爲確保空襲時仍能運作，因而設有室內防空洞，當警報響起時，工作人員可躲在內部監控。

臺灣煉瓦會社打狗工場

（中部唐榮磚窯廠）

臺灣煉瓦會社打狗工場位於今高雄市三民區，爲明治三十二年（一八九九年），由日本人鮫島盛創建的「鮫島煉瓦工場」，經歷日治時期與戰後，經營權數度易主改名，現爲中都唐榮磚窯廠所有。其所在處鄰近愛河三角地帶，雖易淹水不利耕種，卻擁有密緻結實的土壤，成爲最適合製磚的材料源。這裡生產的磚塊俗稱「TR磚」（Taiwan Renga），TR磚塊的商標是品質保證，日治時期南臺灣地區重要的建築物磚塊均由此供應。

隨時代需求與環保因素，工場於一九八五年後結束營運，但場內仍保有八卦窯一座、倒焰窯三座、實驗窯一座、隧道窯一座、兩座磚砌煙囪，以及打狗工場事務所一棟。它見證了紅磚建築材料的興衰以及建築技術史的發展。

打狗工場全景，可見長橢圓形霍夫曼窯及南北兩座煙囪。（高雄市政府文化局駁二營運中心提供）

臺灣煉瓦會社打狗工場（中都唐榮磚窯廠）

●地址：高雄市三民區中華横路 220 號

●暫不開放

陳顯仁

臺中人，生於一九九六年，畢業於東海大學建築學系，東華大學華文創作研究所，現為中華民國建築師，從事公共工程監造工作。曾獲文化部青年創作獎勵、國藝會出版補助及文學獎若干。創作以空間、物件、材料為座標，嘗試藉著建築的視角，理解人的情感與世界的真實。出版詩集《愛人蒸他的睡眠》、《坡上的見證者》。

影子透出橘紅色的光

把紳士帽的邊緣調整好，這麼大的太陽，汗水還是不止地流下來。相較於在多年後仍逃不過拆除命運的中都戲院，他頂著正午的太陽，跟著眾人的眼光興味十足地凝視著這一片舊廠區。久而久之大家都稱他為「帽子伯」。帽子伯的興趣是參加古蹟鑑定過程裡的各種場合，當然今天也不例外。

「『中都唐榮磚窯廠』的前身是在日治時期，由日本人鮫島盛在三塊厝郊區創辦的鮫島煉瓦工場。」在地文化協會的理事熱心地說：「直到明治三十四年鮫島盛因病去世，由後宮信太郎接手經營之後，才引進當時先進的霍夫曼窯，也就是我們今天看到的八卦窯。」

「所以這幾支煙囪也是從那個時候就蓋好了嗎？」有人問。

「沒錯，現在我們看到的南煙囪跟北煙囪，因為支援的窯廠數量不同，分別為三十和四十餘米。從這個照片可以看到，當年還有一支煙囪是單獨砌在窯的正中間，還有另外一支水泥煙囪，但目前都被拆除了。」

看著理事導覽時的臉，帽子伯不禁想起不遠處愛河流經這片土地的樣子，繞了一個彎，把中都圈了起來。按照文化資產保存法，在古蹟審議的過程中，還得由各路人馬進行無數次現場勘查。這顯然不是理事的第一次導覽。理事的手上拿著他自己準備的透明資料夾，裡面夾著許多頁他從不同的文獻中擷取而來的地圖、空拍和建築照片。

雖然磚窯廠現在的所有權歸屬於唐榮公司，但唐榮公司仍配合民間團體的田野調查、資料蒐集，以及申請為文化資產途中的所有步驟。於是許多團體在這裡來來去去，盯著那些上頭印著「TR」標誌的磚塊，各自負責回憶、敘述或判斷。

「這個TR，就是臺灣煉瓦 Taiwan Renga 的縮寫，當時磚窯廠出產的TR磚都會特別用油紙包好，一塊一塊地販售，就是磚塊裡的精品。高雄的高雄州廳、高雄市役所和旗山武德殿等當時的標誌性建築，就都是用TR磚蓋的。」

理事一邊說的時候一邊揮汗，汗水滴進了窯頂的投煤口。當時鮫島煉瓦工場已經由總督府接管，更名為「臺灣煉瓦株式會社打狗工場」。帽子伯一邊抬起他的脖子往煙囪的頂部看，一邊嘴裡重複著日語的發音，他想，好一位巨人。

「當時的磚塊，就由三塊厝車站延伸而來的鐵路一路運送出去，供應南臺灣重要建築使用。鐵路支線拆除後，路徑就是今天大家抵達這裡的這一條中華橫路。」巨人會立起也會倒下，像岩石和土壤那樣堆成一座山。帽子伯知道的事情跟巨人一樣多，他見過愛河在此處留下的沙洲，以及眾人在此取土後，如今留下的濕地公園。帽子伯盯著巨人的眼光太近似於人群裡濃厚的懷舊，並不容易被發現。

帽子伯不禁要想到在好幾年前，一場說明會上建築師發表的場景。

「要讓煙囪不要垮下來，大概有兩個方面。」建築師說：「一個是從外部把它保護起來，像南煙囪一樣，在外面做一些八角環箍束起來；另外一種，就是從內部加固。」

「那從外部做不是比較簡單又便宜嗎？」媒體問。

「這樣做的話可能會被人家批評。」建築師笑著回答。

對帽子伯來說，「建築師」是一個相對抽象的概念，在不同的時代裡有不同的人負責興建事務的統籌，而他們分別被以不同的名號稱呼。而帽子伯還有煙囪剛剛興建時的記憶，他坐著回想，在眼前調動他當時尚算年輕的影像。當時負責監造的是德國技師，技師總是拿著槌子四處在敲。磚塊剛砌好的時候敲，要一直敲到磚與磚之間沒有縫隙；稍微乾燥之後也得敲，得聽到敲擊的聲音無比平均。稍有失準就得打掉重來。煙囪的巨人要長高一公尺，有時候是好幾個日昇日落之後的事。

如今八卦窯的窯體有許多磚塊已經逐漸風化，在縫隙中竄出許多植物，而煙囪也在長久的地震、風災之下，產生許多裂痕。眼前的這位建築師並不是一位創造者，帽子伯想，他是一位維繫者。

「主要就是會破壞煙囪的外觀，所以我們從裡面來做，我們預計用八根角鋼從裡面固定，很多教授問我說我有把握嗎？我說有。」建築師說：「儘管這次我們所面對的磚造煙囪並無前例可循，它是臺灣少數被保留下來的工業遺跡，也是臺灣現存規模最大的霍夫曼窯。」帽子伯跟著建築師走進霍夫曼窯的內部，光是經過那一層厚厚的磚牆體，溫度就陡然下降了幾度，陰涼的空間裡有一層細細的灰和苔蘚共同組成的味道。

「在窯的內部，我們用鋼管做成交叉式的圓拱，支撐著整座窯體讓它不要坍塌。」

帽子伯在橢圓形的霍夫曼窯裡面走，鋼管圓拱也跟著牆體轉彎。這是一座循環型的窯，一旦點火之後就不熄滅，沿著橢圓形的動線一路往前燒，在火前方的工人排磚、在火後方的工人出磚。雖則窯體內部已經新增了拱支撐，還是可以見到少數磚塊掉落的痕跡，鋼構造的圓管和磚塊之間墊著木角材，還有一層防止磚塊墜落傷人的網，帽子伯知道這個巨人還在呼吸。

「沿著窯的牆體，下方這些都是通風口，煙會從這些孔洞出去，一路連接到外頭的風管，最後匯聚進入煙囪內部。」建築師用手去指。

從前的呼吸如火，在窯門上還可以見到一條火燒的痕跡；現在的呼吸則如露水一般緩慢，跟植物一起維持著不可視的心跳。帽子伯看著建築師在窯裡面走，想像著當年燒火師傅從上頭的投煤口，將煤炭倒入這個空間，大約也就是落在建築師跟前的那個位置，這些沿途的煤炭則指引著一把不熄滅的大火。當年的高熱，如今成為一種涼意。

這也是一種變化，帽子伯想，時間也是一道溫度移動的過程。

「建築師，你聽過『磚仔神』嗎？」耆老問。

這個隨口一問，讓建築師的表情稍微停頓了一下，「我想沒有。」

帽子伯在腦海裡面逡巡，才找到一個街口，那是當地文史團隊的一次公開活動，其中有一位耆老受訪的畫面。那是一個看起來很尋常的街巷，路邊的麵攤、店家的招牌都簇新如常，看不出來中都曾經留下過的痕跡。

「以前彼面攏是員工的宿舍，這馬干焦賰一間廟爾爾。」耆老說的是中都開王殿。因為高雄和澎湖的地緣關係，許多工人從澎湖來到磚窯廠工作，「開王殿」則是由第一代的移民所建，現址用的全是來自窯廠的磚材。隨著磚窯廠的發展，許多河土被挖取之後，留下的水池成了愛河畔合板工廠的儲木池，時至今日，成為生態保育的溼地。

「阿伯啊，啊你細漢是做啥物工課啊？」志工問。

「阮母啊較早就是佇磚仔窯咧擔炭，我細漢就綴咧抾車啊，較大漢了後才去燒火。」

「啊燒火敢有啥物撇步？」

「當然有囉，燒火尚重要的是目色。」

耆老的意思是，燒火的工作得從窯的上方，投煤口往下看火的顏色和形狀，判斷現在的溫度，才能知道磚塊燒製的情形。

帽子伯這時候看見的，卻是一個磚窯廠裡，以家庭為單位的工作情景。男人擔任的勞力工作，女人排磚、取炭，小孩則在四周推車、清煙口。

「所以磚仔窯是足辛苦、足落伍的工課，彼陣是攏無法度才來住佇牛車寮遮。毋過彼間廟的神明誠靈聖，恁敢有去拜過？」

耆老指向開王殿，後來由史博館出版過一本《磚窯廠旁不滅的明燈：中都開王殿的文化保存記事》，夾纏在都市土地使用分區之間，受到各方人間與神界角力的一間廟宇，如今還安好地座落其間。開王殿供奉觀音佛祖、五府千歲、中壇元帥等眾神明，尤以靈驗的治療效果為人稱道。傳說罹癌化療的婦人來此參拜，被攙扶著進來，卻可以自行走路離開。更包括許多收服黑狗精、瘋癲婦人不藥而癒的故事。

帽子伯遙遙地壓了一下帽簷致意。這些事情說來遙遠，但其實一直就和帽子伯一衣帶水。由澎湖請神而來的信仰中心，如今孤零零地站在公園裡。開王殿的廟門直對著八卦窯，以前這裡還有藥師抓藥，現在剩下一個老廟公，寬闊的眼神彷彿可以燒製時間。

而變老是一種共同的事情，時間終於也要告一個段落。

從一九〇三年開始至一九八五年停產，經歷了八十多年的運轉，得要再經過近二十年，中都唐榮磚窯廠才在二〇〇三年公告為高雄市市定古蹟。最後在二〇〇五年，興建逾一百年後，登錄為國定古蹟。

「指定為古蹟本體者包括八卦窯一座、煙囪兩座、隧道窯（含鐵道）一座、倒焰窯三座、實驗窯一座、磚造事務所及登錄歷史建築的東北角倒焰窯一座等工業建築物，」

「沿著愛河，從上游的凹子底新行政中心，經過內惟埤文化園區，會進到愛河五期水域生態環境營造區段，而旁邊就是本次計畫的基地範圍。」都市規劃的專案說起：「『中都磚仔窯文化園區』在高雄市都市發展上扮演著都市縫合、愛河觀光串連及產業鑲嵌的角色。」

在永無止盡的簡報中，帽子伯看到一行文字隱隱發亮，擬變更中都地區及第四十二期重劃區的建築管制規範，「一、二樓立面需有百分之五十以上紅磚材料，重要節點空間配合古蹟之磚造型或鋪面呈現，強調與磚窯廠的關連性。」專案說起，當未來重劃區變得真實，也許可以期待路上的景觀又重新恢復成以橘紅色調為主的樣子。

帽子伯對真實並不以為意。帽子伯輕輕捏起他帽子上的纖維，想起這頂帽子原是一個日本人送給他的禮物。從那之後帽子伯就沒有把帽子摘下來過。畢竟這帽子還真適合高雄的天氣，帽子伯笑了出來。

帽子伯當過切磚工人、當過燒窯師傅、當過磚廠包頭，也當過包商。對帽子伯來說，名稱也只是一個抽象的概念。坐在會議室裡吹著冷氣，當所有人都在凝望著未來的土地時，只有帽子伯還感覺到此地巨人的心跳。帽子伯的心跳就是巨人的心跳。帽子伯對所有對磚窯廠有興趣的人感興趣，他知道每一棵樹、每一叢火甚至每一塊土都已經不同，但這些變動的人，為什麼還對不動的事物感興趣？帽子伯想起這幾年地震風災之後，磚塊承受不住風化而部分掉落，煙囪最上頭像帽子一樣的地方也被替換過，如今已經是比較輕盈的玻璃纖維材質。

畢竟存在是一件複雜的事。但成為國定古蹟倒是新鮮，帽子伯還在領略這整件事情的趣味。磚窯廠當然不比當年，現存的古蹟也只是當年整座窯廠產業的一個局部，但有這麼多人這麼認真對待一個局部，無論以口述歷史、文獻紀錄，甚至文化資產保存的法定形式來維持現況，把這個局部往後再攜帶個幾十年，至於上百年，帽子伯想，那他就還有道理再陪大家一陣子。

在一個一樣炎熱的日子裡，八卦窯照樣循環燒著無盡的火。一個男孩子看著攪拌器裡的土愈堆愈多，他不打算讓父母親分神，他專心地用手去推。在能夠理解旁邊器具的使用方式之前，男孩子已經被捲進攪拌機裡，攪拌機的聲音轟轟作響，土地彷彿也一聲不吭。

帽子伯上前把機器切熄，再輕輕伸手把男孩抱了出來。男孩子的額角還留著在一切發生之前來不及擦的汗珠。帽子伯太忙了，眼看著就要推著磚塊往其他地方去，男孩子問他：「借問阿伯你叫啥物名？」帽子伯當天心情好，就對男孩子開了一個玩笑：「人攏號我作『磚仔神』。」

「較早攏講燒磚仔有磚仔神，保庇做工仔人平安、燒的磚仔水閣硬掙。」耆老對著建築師說。

在一眾四方人馬之中，耆老看見了那一頂圓圓的淺色紳士帽。儘管眼色已經不再銳利，眼中人如今看來已經比自己還年輕，耆老知道自己沒有看錯。耆老曾經在那一個轟鳴的下午，仰望著頭戴圓帽的磚仔神，希望他帶自己去找在另一頭排磚的母親。帽子伯跟耆老說，沒關係，你母親還在那一頭，我們會再見面的。時間都不算數。

下一次見到我，你記得看一看這片土地。跟這兩支磚窯廠的煙囪一樣，在夕陽下，我的影子也會透出橘紅色的光。

區內有一座兩層樓的紅磚事務所，典雅磚紅色給人沉穩詳和的感覺，這裡也是當初的行政辦公處所，現仍保存完好。（高雄市政府文化局駁二營運中心提供）

倒焰窯主要以重油爲燃料，火的溫度較高，兩側有排煙口，把廢氣傳送至煙囪，爲了不讓窯體因熱膨脹而龜裂，外部以鐵柱箍束，就像爲其穿上了一件鐵衣。下方外圍爲排煙道，修復時刻意以鐵圜簍鏤空，呈現當窯體運作時，排煙的流動樣貌。

八卦形的環型霍夫曼窯共有兩層，此爲上層處，周邊有步道，工人必須從二樓中間的孔洞投煤，必須定時定量才能燒出品質優良的紅磚。

隧道窯建於一九七九年，全長八十公尺，內部以耐火磚、隔熱磚爲材料，地面有長長的軌道，臺車一部接一部從窯的一端進去，從另一端出來，整個製程從乾燥、預熱、燒成、冷卻等步驟進行。

一九五七年後，工人燒磚完成後，以卡車裝運，準備運送出貨。（國史館提供）

·眼力和腦力並用的投煤技術·

曾在霍夫曼窯工作過的老師傅分享，師傅們一般從窯頂進行投煤作業，每二十分鐘投煤一次，才能保持溫度，燒出品質良好的紅磚；過程中，師傅得站在窯頂，把木炭鏟起後，勾起洞口的圓形鐵蓋，接著迅速投煤關蓋，不讓熱氣溢出，動作必須一氣呵成。老師傅表示，投煤不是單純靠體力，而是一種眼力和腦力並用的技術。

·防火磚砌燒磚爐·

一般燒磚時會達到一千度以上的高溫，因此在窯廠中，多以耐火磚砌成拱形火爐，用以燒磚，並在爐中後方設計投煤口，作爲投入煤炭的入口，而有經驗的窯廠師傅能在此處觀察爐火的變化，得知磚的燒製階段。

·精品 TR 磚·

臺灣煉瓦的英文名爲 Taiwan Renga，簡稱 T.R，其生產之磚塊俗稱「TR 磚」，尺寸爲 23x11x5 公分，是以新式磚坯成形，取代人工手作，故又稱機器磚。磚面中央設計印有「T.R」商標的菱形框，其餘則壓印網狀紋，製造出粗糙面，強化磚面與水泥間的附著力。當時出產的 TR 磚都會用油紙包好，一塊一塊販售，可謂磚塊裡的精品。

·支撐窯體的交叉圓拱結構·

位於高雄愛河旁的中都唐榮磚窯廠，前身爲臺灣煉瓦會社打狗工場，興建於一八九九年。廠區內現存一座全臺最大的「霍夫曼窯」，又名「八卦窯」，窯體有兩層，建築外觀呈現環狀弧形，內部則採用日後可依序拆除的逆工法，以連續交叉的圓拱支撐磚栱結構。

·八角紅磚煙囪·

在廠區南北兩側，各有兩根八角形煙囪，南煙囪長達三十三點二公尺，北煙囪則是四十三點八公尺，其主要功能是將窯體中的熱氣快速排出。此磚砌煙囪由德國技師所監造，技師每砌一排磚，都會用槌子槌實，待水泥砂漿略乾後，再拿小槌子於四角敲一敲，聽音頻是否平均，確保品質精良；而煙囪外部使用鐵條將紅磚箍柱，防止因高溫膨脹造成變形，故轉角處的磚需特別製作，才能呈現出完美的角度。

魯凱族好茶舊社

魯凱族好茶舊社位於屏東縣霧台鄉，位在中央山脈尾北大武山北側，魯凱族語爲 Kucapungane（古茶布安）。相傳六百年前，原本居住在臺東的魯凱族，始祖 Puraruyan 帶著一隻雲豹來到霧頭山狩獵，雲豹到了 Kochapongane 附近，飲用了瀑布的甘甜山泉水後不願離去，Puraruyane 於附近勘查後，認爲此地適合居住，便回臺東帶領族人越過中央山脈來到這裡，所以 Kucapungane 也有「雲豹的故鄉」之稱，而這裡的魯凱人也自稱爲「雲豹的傳人」。

好茶舊社循祖先依山而居的生活習性，住屋材料取自於山間石板及木料，搭建而成的房屋稱爲「石板屋」。

石板屋建築，用料以當地盛產的黑色板岩與林地中的檜木與杉木等爲主要建材。以較柔軟的灰色板岩堆疊爲承重牆體，於兩列承重牆體上置原木爲梁。聚落內約有一百五十棟傳統石板屋建築，傳統石板屋室內空間共分爲前、中、後三室，地坪鋪以大片頁岩。

因對外交通不便，通過部落決議，同意政府於一九七八年將部落遷至隘寮南溪下游河谷，稱新好茶部落，之後又因風災，再次遷至禮納里；幾十年來族人陸續返鄉，自主性修復石板屋，重建舊好茶古道，但回家的路途遙遠且困難，大多數的家屋仍傾毀、淹沒在野生雜草間。好茶舊社是祖靈之地，也是祖先安葬的地方，對族人來說，Kucapungane 是精神上的家園，一條讓族人能順利「回家的路」是他們的心願。

紅櫸木是往昔好茶舊社的門戶，也是今日族人返回部落路上的重要指標。（奧崴尼・卡勒盛提供）

魯凱族好茶舊社

●地址：屏東縣霧台鄉井步山鞍部

●開放時間：需由族人擔任嚮導帶領上山

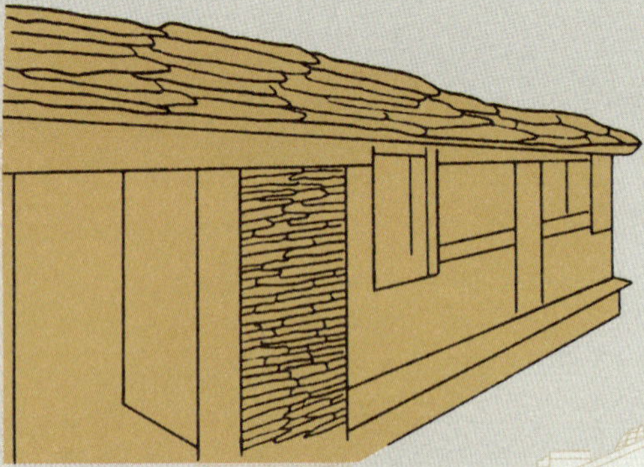

奧崴尼・卡勒盛

漢名邱金士，一九四五年出身於舊好茶。一九六一年離開家鄉外出讀書、工作，一九九一年重回舊好茶重建自己的家園並開始寫作，現從事魯凱族文史記錄。曾獲巫永福文學獎、金鼎獎、臺灣原住民短篇小說組首獎等，著有《雲豹的傳人》、《野百合之歌》、《神祕的消失》、《消失的國度》等。

重回故鄉的回眸

我住在與內埔農工只隔一道牆之透天樓房。大清早醒來爬到頂樓眺望著四周的遠山，看著三地門村和北葉村，時而遠眺霧頭山和阿露安，被雲霧遼繞若隱若現，彷彿是祖先的煙火正在召喚。這個季節應該是豐年祭了，我總懷念在故鄉豐年祭是那麼地有氣味。老大懷哲剛從內埔農工畢業，等待入伍。老二女兒素芳，在臺南女子技術學院就讀第二年，老么懷聖是崇文國中二年級。我將帶兩個男孩到山上過豐年祭，而母女倆要回大武部落過豐年祭。他們的母親已經分配了要攜帶的東西，連他們的母親都把心靈準備好了。

我想要在山上為孩子們舉行豐年祭，因現在的豐年祭已經不單純。他們在信仰裡參了宗教和政治，傳統文化因而變質。所以我覺得不如回老家單純地舉行屬於祖先的獵人祭儀，順便看一看老家。

一九九五年八月中旬，用過早餐後，準備小貨車載著小虎、田寬和我的兩個孩子。大孩子穿著玩滑板的休閒服，而老么身著上下一系列棕色和白色條紋相間的休閒服，頭上還戴著牛仔帽。我內心沾沾自喜地說：「我兩個男孩都很英俊，而且已經長大了。」想像著不久將來，他們成長之年後，再也不依賴母親時，內心感到安慰地想：「辛苦的港灣，岸邊愈來愈近了。」

他們向母親道別後，我們從水門出發，經過北葉、文化園區、跨越南隘寮溪大橋，很快地來到新好茶，經過大表哥的店裡補充所需要的東西，我匆匆與大表哥交談幾句繼續往登山口開始走山路，經過 Drakuase、Laden、Thilhanglhang 等三個休息站，再越過斷崖、好漢坡之後，已是斜陽。今年的夏日溫和，野地草木欣欣向榮，顯然甚少有颱風已經好多年，所以大夥兒走路很快，不自覺地已經來到紅櫸木。在紅櫸木休息當下，涼風徐徐吹來，我一面說：「在這個美麗的地方，有幾個部落早已經遷下來，剩下瑪家部落。」

我們從紅櫸木再出發，很快地越過小溪來到部落的入口處的最後休息站。由於家裡尚未搭建屋頂，所以我們來到東邊達嘟咕魯區下方——我暫住的地方。部落於一九七八年遷到新好茶之後，舊好茶的整個石板屋都已毀。次日，用完早餐，大兒子穿著他母親編織的禮服，而老么身著白色上衣和底花色的運動褲。兩兄弟各自戴上他們的母親編織的花環，我們從住處出發，經過瑪峇琉，沿著臺階來到學校運動場，繼續往上到古老的祭場。兩兄弟坐在石頭椅，祭司嘉瑪樂老人家早已到場生起火了。他與我老爸哲默樂賽在狩獵的生涯一起出道，並以精神之永世締結為兄弟。當他親自為 Drangalo 和 Volhoko 兩兄弟，舉行傳統的成年禮說：「我承蒙祖先和我最好的朋友哲默樂賽，傳遞獵人祭之火炬。」當他把火炬向東方曙光揮一揮時，終於重新點燃在一九五七年前，那時，整個部落所有的男性在野地舉行的盛會，石板屋裡的古人的靈魂，和遠古祖先在峇魯谷安重新呼喚。而將近三十年之後的今天，嘉瑪樂老人家為兩兄弟祝福說：「願　祖先的火炬，必有恩惠永恆地照耀。」

之後，我述說著我父親第一次帶我去中央山脈咨魯谷安實際打獵的情景。我們一路來到中央山脈的山頂。第二天早上大約一個時辰來到中央山脈之越嶺道，在一棵碩大的樹，我們兩父子進行獵人祭儀式。我在一旁，父親把祭品拿出來排列四個神位之後，父親非常嚴肅地點燃松脂說：「孩子，安靜！」我們一起躬身靜默而後仰望，向正在冉冉上升的太陽說：「在天之上的創造者啊！」並伴隨著句句如珠的祭文，父親還不停地感動流淚。

我父親看了我一眼，十四歲才一米四十公分。他又注目著創造者說：「開山刀、弓箭、刺槍之外，我們只是努力以赴準備所有的武器和需要，但是，沒有祢的引領、指導和祝福，我們又何能呢？」他還特別為我說：「非常感恩，能賜給我可愛的矮子奧崴尼，我的小嫩芽、小小獵人啊！我祈禱他快快地長大，進而學習如何為人，然後將來成為獵人。」

行祭儀之後，離開咨魯谷安聖地，沿著臺階下來，不久來到芒草原，往茶埔岩山山麓背脊東北方。北大武山在右上方，左邊是東方之疊疊青山，下來之後，我才看見臺東沿海的陸地、海灣、以及藍色的天海。之後，我突然想起母親而說：

「爸……」我情不自禁地流眼淚。

「怎麼了？」父親說。

「母親對我的思念已經切斷了。」然後我哭嚎說：「那麼遙遠的路……」

「你母親的愛，永遠是不會切斷的。」父親盡力地安慰我，說：「你母親要讓你長大、學習獨立，然後可以跟我打獵。」他對我說：「等一下，我們說不定會遇到鹿群鳴笛，還有母鹿餵養小鹿。」

我們兩父子從中央山脈在峇魯谷安行獵人祭儀，也成為我們兩父子間的回憶。當我是兩個男孩的父親時，我仍然帶兩個孩子回鄉舉行獵人祭，作為人生的開始，接著以生命祭儀與狩獵的精神，點燃靈魂的火炬，然後尋求永恆的真理。

我父親生在單親家庭，一生狩獵僅僅五十歲月，留下了他人生的精華和生動的故事。我對父親在天之靈說：「願　必有靈光永恆照耀，對地上的孫子們祝福、庇佑！因為我完全沒有任何文化可以教育您的孫子，只有在深夜裡祈禱，希望有北極星能夠導航，使他們能辨別出正確的方向和道路。」

獵人祭結束後，下午我們來到他們的爺爺哲默樂賽的家，在原來堆砌的牆垣，兩個孩子拍照留下紀念。之後，我們從水源地沿著上方巡禮。那是我童年的走廊，當時的父母已無暇顧忌什麼是危險或斷崖。那時我們才國小二、三年級，總是往瀑布沿著斷崖挑戰，因而個個攀爬如獼猴輕巧。我認為應該是有神明特別照顧孩童的我們，所以得以延續魯凱的血脈。

不久後，我又回到舊好茶，與尤再建、小獵人費盡心力尋找搬運橫梁、木板和石板，才構成它原來廚房的容貌，也是唯一的家，喜悅和激動之情難以言語。後來我弟弟帶著母親回到她日夜魂牽夢縈的老家，並向兩位老人家一一道謝，並感恩他們的監督和辛勞。

雖然我持續在舊好茶工作，但是，我始終心繫孩子們。老么時常令我擔憂，因為校方總是提醒我……，直到他報考高中時錄取屏東高工，因延誤報到時間而沒有被唱名，也造成之後的憾事。當時的我還在舊好茶，聽聞此事，我下來為老么補救，只剩華洲高中能就讀了。註冊完後，我跟他說：「我想若你重考，或許可以考到比較好的學校，例如：屏東中學……」

一九九六年一月十五日我在舊好茶的早晨，有兩位少年人對我說：「你的老么已經發生意外了……」我下山急奔登山口，弟弟在那兒等我，一起趕到屏東殯儀館，只見冰冷的遺體。「孩兒啊……」當下只見陽光昏暗，大地崩塌，我猶如落葉，落入黑夜一片中。孩子的母親說：「放學後他和同學共騎一臺機車在回家途中出事的。」

悲痛之餘我們把孩子送到大武的家，噩耗天海雷動，傳遍整個部落，就像洶湧的浪潮流入吸引陰暗之地。我們將他安頓在祖先的墳墓旁。之後，我太太隨之崩潰說：「沒有老么，我又怎樣能活下去……」雖然我們從傷心之地——水門，搬到我母親的家日新村，但是，我太太無論再怎麼勸誘，再怎麼關愛，但在她的內心裡總想著在遙遠的他方，沒有母愛的么兒，何以溫暖？於是太太很快地凋零枯萎，與么兒永恆相守。那時還好是在母親的家，有母親和我兩個人一起生活。因為我的兩個孩子，都不知道在哪裡？我很努力地尋找兩個孩子，把他們接到下屏東暫住，心想孩子倆可能留戀過往的歲月，於是我們搬到水門的蝙蝠洞，而女兒也復學後，我回到舊好茶繼續重建，一面以狩獵研究祖先的鳥占。當時舞鶴老師不僅引領我進入寫作生涯，還在我苦難或經濟拮据時，當我們的靠山。有的時候，是陳永龍老師推薦我當嚮導，使我女兒完成學業。

在寫作的旅途，離開新好茶部落而獨自到舊好茶，猶如是被隔離的局外人，我整個心靈破碎，雖試圖挽回原來的樣子，但靈魂的翅膀雙翼已經折損，都是平地的同胞給予我支持和鼓勵，不然我又怎麼能活下去呢？

當兩個孩子都可以自己謀生活後，心繫舊好茶的我把老么的靈魂寄託變成精神的動力和靈感的泉源，有時候我說：「孩子！無論何時或深夜裡，請你跟我說話……」

當你還小的時候，我送給你那一把小提琴，它仍然一直保留。我時而想像你已是成熟又穩重的大人；時而想像你的長相、輪廓和眼神是一位美男子；我更想像你在永恆的國度裡，是千萬人中的首席小提琴手，在草原如沃的微風中一陣陣波浪吹過陡峭流雲樹稍，以神祕的樂音詠嘆自然界的創造者。

二〇〇三年強烈的杜鵑颱風來襲，那一天傍晚，突然東方強烈風面襲來，那時，我十分有把握地在心裡說：「孩兒！今夜，就看我們的家能否耐得住……」我把所有的東西堆在祖靈柱左右兩旁的寢臺，在深夜風中燈火明滅、閃閃，我以你的靈魂相互為伴。靜聽外面四周的樹林和強風，彷彿我看見俊男美女，在寬廣的舞臺上跳舞陶醉，歡呼聲和笛聲四起。孩子！與你共舞，「杜鵑」

讓我永遠難以忘懷。

二〇〇五年海棠颱風的時候，我和娥默一起回家。次日午睡時，我夢見父親在床邊只是閃爍……。而娥默於夢中在外面陽臺看見一位陌生人，並對娥默說：「我爸爸正在裡面睡午覺！」娥默描述「他」深情依依又千言萬語，可能是因為他是要去很遙遠的地方。娥默對我說：「那陌生人好像是你常常提起的老么。」

因此我們在舊好茶的第三天，又決定下來平地。我帶著水果和兩束鮮花，來到他們母子的墓地，情不自禁地流下淚水說：「深深地想念……」

二〇〇七年三月六號，娥默為我生了可愛的 silu，意指一顆永恆的琉璃。我彷彿看見在我生命中的另一人生，在斜陽裡一顆琉璃燦爛耀眼。

二〇〇七年八月聖帕，我最疼愛的母親，離我遠去，在心痛之際又聞新好茶部落全部都流走了，使得族人不得不遷移到麟洛營區。不久後母親在夢中顯現。夢中的母親在一張大桌正在分配 Laulhi[1]，母親按照排序五個等分，而正在打理我的 Laulhi。然後，又帶我到最高又遙遠的我們的野地，並指著我說：「孩兒，請聽！你生命的呼喚。」

之後，二〇〇八年辛樂克颱風和二〇〇九年莫拉克颱風，因為故鄉舊好茶的路被切斷，所以我們回家總是繞來繞去，所幸臺大城鄉所的劉克強老師，為上山的路募款得以疏通一段斷崖小徑，我們才有路回家。我內心裡對劉克強老師感激之情真是難以言語。就在二〇一一年時，在我生命暮色蒼茫時，為夕陽注入亮光的么兒哲默樂賽誕生，這也是他爺爺的名字，我以英文翻譯名稱「So wonderful」。我總是感恩你們為夕陽添上霞光，使我的靈魂和生命注入動力。我更感恩娥默擔負養育和教育的責任，而且，還要照顧我的一切。

「他是要去很遙遠的路」是在娥默異象裡說的。那是暗示部落的歷史，就像我們在寫《消失的國度》，娥默很辛苦，但是，仍然不惜任何代價的，也要寫我們祖先的「靈魂生命永恆的國度」。

我們的石板屋雖然小，但是，因為娥默播種了兩個可愛又珍貴的生命，當我們在為祖先留下一些文字紀錄時，雖不指望人人能夠讀懂，但我依舊細心的整理記錄歷史、文化和心靈的點滴。

藉著已逝懷聖的靈魂，留下家族的生命傳記和故事。寫作多年的我，希望能夠有一本書留下給祖先和子子孫孫，流連在舊好茶之美麗的地方，尤其我們的那永恆不變的愛情故事。那時，我們都已經不知身在何處？於是「我的阿露安[2]啊！妳依然奔騰。」

1——Laulhi（勞力），即不僅僅是帶著的便當，還有整個心靈的糧食之意。

2——阿露安，魯凱語：Alruane，即井步山，位於屏東霧臺村與好茶村的交界，有生命從上天流至深山之美意。

photo album

好茶舊社面向的北大武山。（奧崴尼・卡勒盛提供）

位於部落後方的水源地，源於井步山的泉水，是好茶舊社的命脈。（奧崴尼・卡勒盛提供）

家屋外觀，採當地灰黑色板岩及頁岩爲建築材料，俗稱石板屋。（奧崴尼・卡勒盛提供）

家屋外觀（奧崴尼．卡勒盛提供）

・房子會呼吸・

石板屋爲好茶舊社的傳統式住屋，用料以當地盛產的黑色板岩與林地中的檜木、杉木等木料爲主要建材，另以較柔軟的灰色板岩堆疊作爲承重的牆體。石板屋冬暖夏涼，每一塊石板依循凹凸堆砌，沒有任何鋼筋與黏劑，牆壁與屋頂的隙縫會呼吸，是族人累積大自然經驗與生活的成果。

・我家面對北大武山・

北大武山位於屏東與臺東的交界處，是一座超過三千公尺的高山。在魯凱族的傳說裡，北大武山是山神居住的地方，是諸神的殿堂，同時也是祖靈之所在，魯凱族視之爲聖山。好茶舊社的每一戶家屋都面對著雄偉的北大武山，從好茶舊社看北大武山有如金字塔般雄偉壯麗，它是族人生命的起源，靈魂最後的歸所。

・水源地孕育生命・

位於好茶舊社部落後方的水源地，源自井步山南麓的水源，魯凱族語爲 Baivane，有「深潭」之意。三層瀑布，水流不停，水質清澈甘甜，水裡有馬口魚、溪哥等魚種。水源地不僅是飲用水源，族人對於如何使用溪水也有嚴格的規定，依照上下游順序分別爲飲用水、洗澡、洗衣、女性生理期清洗處、洗獵物處、浸泡人頭處。

·雲豹的傳人·

魯凱族好茶舊社位於屏東縣霧台鄉井步山鞍部，海拔約九百三十公尺的斜坡地上，魯凱族語稱爲 Kucapungane 古茶布安，意指「雲豹的故鄉」。相傳六百多年前，魯凱族祖先在雲豹的帶領下，從遙遠的東海岸翻山越嶺，沿著太麻里溪而上，來到大武山西側這塊美麗的土地。當地的魯凱人也自稱是「雲豹的傳人」，以雲豹爲神獸，訂下禁獵雲豹的規範。

·回家的路·

因地處偏遠、交通不便，一九七八年政府將部落集體遷至南隘寮溪的河階臺地，稱爲「新好茶部落」，後於二○○九年受到八八風災土石流淹沒，又再度遷村至瑪家鄉禮納里。但仍陸續有許多族人回到「祖靈之地」生活，以及自發性進行石板屋修復，他們共同的希望是，完成一條順利「回家的路」，延續部落文化。

參考書目

01 林本源園邸

王慶臺《林本源園邸 古蹟細賞系列：漏窗之美（貳）》，新北市政府文化局，2011。

李瑞宗、蔡思薇《風景的想像力：板橋林本源園邸的園林》，新北市政府文化局，2010。

李乾朗《前世今生話林園：板橋林本源園邸的建造之謎與勝景分析》，新北市政府文化局，2013。

林衡道《前夜：林衡道的紀實文學》，蓋亞文化，2024。

許雪姬《樓臺重起 上編——林本源家族與庭園的歷史》，新北市政府文化局，2011。

許雪姬《國史研究通訊第二期．話說板橋林家——林本源家的歷史》，國史館，2012。

康鍩錫《林本源園邸 泥塑剪黏之美》，新北市政府文化局，2013。

新北市政府文化局《林本源園邸 古蹟細賞系列：雕刻之美（貳）》，新北市政府文化局，2011。

02 蘆洲李宅

李力群〈李友邦將軍及嚴秀峯夫人紀念浮雕演講稿〉，《遠望雜誌》，2013年6月。

蔡文婷〈耕讀傳家遠——蘆洲李宅典傳先民精神〉，《台灣光華雜誌》，1998年4月。

鄧育璿《歷史古蹟的經營與活化：蘆洲李宅的個案研究》，國立彰化師範大學美術學系碩士論文，2014。

賴澤涵、黃富三、吳文星、黃秀政、許雪姬、曾士榮〈嚴秀峯女士訪問紀錄〉，《口述歷史》，1993年2月。

嚴秀峰〈台灣人李友邦將軍之死——序「台灣先峰」及李友邦文集重刊〉，《海峽評論》，1991年12月。

03 陳悅記祖宅（老師府）

徐麗霞選著《陳維英集》，國立臺灣文學館，2013。

陳鐓厚、田大熊編《陳維英太古巢聯集》，何茂松發行，1937。

陳玠甫《到老師府辦桌：臺北老家族的陳家菜》，時報文化，2021。

符宏仁建築師事務所《陳悅記祖宅（老師府）修復及再利用計畫》期末報告，祭祀公業法人臺北市陳悅記，2024。

《臺灣日日新報電子資料庫》，漢珍圖書公司。

04 臺灣總督府博物館

王文興《家變》，新版六印，洪範出版，2006。
李純青主編《臺灣舊雜誌覆刻系列4之5——臺灣評論》，傳文文化，1998。
黃國琴主編《中山堂視野——說不盡的臺北故事》，爾雅出版，2018。
駱以軍《月球姓氏（經典版）》，聯合文學，2010。
沈冬撰文、策展：《衆樂之堂：中山堂》，網址：https://openmuseum.tw/exhib/shared_happiness/page.html?lang=tw。

05 臺北公會堂

王鼎鈞《王鼎鈞回憶錄四部曲之四：文學江湖——在臺灣三十年來的人性鍛鍊》，爾雅出版，2009。
宇文所安《追憶：中國古典文學中的往事再現》，聯經出版，2006。
江寶釵主編，黃得時著〈臺灣遊記〉，《黃得時全集5——創作卷五》，國立臺灣文學館，2012。
陳萬益主編，張文環著〈山茶花〉，《張文環全集（卷4）小說集（四）長篇》，臺中縣立文化中心，2002。
歸人主編，楊喚著〈鑰匙與權柄〉，《楊喚全集II》（二版），洪範出版，2009。

06 理學堂大書院

李乾朗主持《理學堂大書院調查研究及修護計劃》，臺北縣政府，1999。
阿道夫・費實著，張新譯，《福爾摩沙踏查：德國旅人阿道夫・費實的臺灣漫遊手記》，聯經出版，2023。
高燦榮《淡水馬偕系列建築的地方風格》，北縣文化，1994。
馬偕（George Leslie Mackay）著，林晚生譯，鄭仰恩校注《福爾摩沙紀事：馬偕臺灣回憶錄》，前衛，2007。
馬偕著，王榮昌等譯《馬偕日記（全三冊）》，玉山社，2012。
陳冠州、甘露絲（Louise Gamble）總編輯《北臺灣宣教報告・第一套，馬偕在北臺灣之紀事》，明燿文化，2015。
蘇文魁、王朝義《八角塔下——淡江中學校史》，私立淡江高級中學，2019。

07 李騰芳古宅

中原大學建築研究所歷史與理論研究室《桃園縣二級古蹟李騰芳古宅修復研究》，中原大學建築研究所歷史與理論研究室，1987。
伍壽民、藍植詮《李騰芳古宅之研究與導覽》，桃園縣立文化中心，1995。
徐裕健《桃園縣第二級古蹟大溪李騰芳古宅修護工程工作報告書暨施工紀錄》，桃園縣文化局，1995。
黃建義《奎壁聯輝・大溪古宅：李騰芳古厝建築之美》，達文西瓜藝文館，2004。
賴俊雄〈李騰芳古宅內呂傳琪的壁書四屏〉，《中華書道》，2013年5月。

08 金廣福公館

北埔鄉公所《北埔印象：北埔鄉志》，北埔鄉公所，2005。

吳學明《金廣福墾隘與新竹東南山區的開發（1834-1895）》，國立臺灣師範大學歷史研究所，1986。

吳學明《金廣福墾隘研究》（上），新竹縣政府文化局，2000。

吳學明《金廣福墾隘研究》（下），新竹縣政府文化局，2000。

吳學明、陳凱雯《北埔姜家與臺灣的禦侮戰爭》，國立中央大學歷史研究所，2005。

09 進士第（鄭用錫宅第）

余育婷《鄭用錫集》，國立臺灣文學館，2012。

洪健榮、楊毓雯、沈佳姍、江長青編《續修新竹縣志》（民國 81-104 年）〈卷九・人物志〉，新竹縣政府文化局，2021。

鄭用錫著，楊浚編《北郭園詩文集》復刻重印，龍文出版，1992。

鄭藩派《開台進士鄭用錫》，金門縣政府文化局，2007。

薛建蓉《清代台灣本土士紳角色扮演及在地意識研究——以竹塹文人鄭用錫與林占梅爲探討對象》，國立成功大學台灣文學所碩士論文，2004。

10 霧峰林家

林德俊《霧繞罩峰：阿罩霧的時光綠廊》，遠景出版，2018。

林永俊《旅途：三老爺林獻堂的生活日常》，上善人文基金會出版，2021。

黃富三《霧峰林家三部曲：興起、中挫與重振》，聯經出版，2024。

廖振富《追尋時代：領航者林獻堂》，遠景出版，2016。

廖振富《以文學發聲：走過時代轉折的臺灣前輩文人》，玉山社，2017。

廖振富《老派文青的文學浪漫》，玉山社，2020。

廖振富《文協精神臺灣詩》，玉山社，2021。

11 馬興陳宅（益源大厝）

石莊彩繪院《彰化縣國定古蹟馬興陳宅彩繪調查及施作委託案工作報告書》，彰化縣文化局，2015。

重耀建築師事務所《彰化縣國定古蹟馬興陳宅修護工程工作報告書》，彰化縣文化局，2006。

黃秀政總纂《新修彰化縣志 卷首》（精裝），彰化縣文化局，2023。

彰化縣文化局《彰化縣古蹟導覽叢書——益源古厝》，彰化縣文化局，2011。

彰化縣文化局《臺灣百年古厝——風華再現攝影展》，彰化縣文化局，2011。

12 道東書院

何培夫《道東書院沿革誌》，國立中央圖書館臺灣分館，1999。

林文龍《彰化書院與科舉》，晨星出版，2012。

黃秀政總纂《新修彰化縣志 卷首》（精裝），彰化縣文化局，2023。

彰化縣文化局《彰化縣古蹟導覽叢書——道東書院》，彰化縣文化局，2011。

彰化縣文化局《臺灣百年古厝——風華再現攝影展》，彰化縣文化局，2011。

13 原臺南水道

何逸琪著，林一先繪《城市水醫生——濱野彌四郎與臺南水道的故事》，蔚藍文化，2022。

稻場紀久雄著，鄧淑瑩、鄧淑晶譯《巴爾頓傳奇》，萬卷樓圖書，2021。

稻場紀久雄著，鄧淑瑩、鄧淑晶譯《都市的醫師——濱野彌四郎之足跡》，臺南市文化局、聯經出版，2022。

張玉璜《原臺南水道》，臺南市政府文化局，2014。

簡明山《日治時期臺灣總督府土木技師濱野彌四郎對臺灣城鄉發展近代化影響之研究》，中原大學建築學系碩士論文，2007。

14 竹仔門電廠

高天相、林茂芳、孔邁隆《回望二十世紀的美濃》，高雄市政府客家事務委員會，2014。

陳皆興編修《高雄縣志稿》，高雄縣文獻委員會，1957。

陳佳歆〈高雄美濃「竹仔門發電廠」！全台最美百年電廠建築〉，《LaVie》，2016。

陳佳德、傅希堯《傳說：竹門祕境 微光往事》，台灣電力股份有限公司，2018。
葉娜慧〈尋覓電力之境——竹仔門發電廠〉，《文化台電》，2022。

15 臺灣煉瓦會社打狗工場（中都唐榮磚窯廠）

高雄市文化愛河協會《唐榮鐵工廠股份有限公司產業文化資產清查報告書》，勞工博物館，2004。
徐明福《國定古蹟臺灣煉瓦會社打狗工場（中都唐榮磚窯廠）南煙囪緊急修復工程工作報告書》，高雄市政府文化局，2014。
徐明福《國定古蹟臺灣煉瓦會社打狗工場（中都唐榮磚窯廠）倒焰窯鋼棚架修復工程工作報告書》，高雄市政府文化局，2016。
陳皆興編修《高雄縣志稿》，高雄縣文獻委員會，1957。
莊文韋《磚窯廠旁不滅的明燈——中都開王殿的文化保存記事》，高雄市立歷史博物館，2019。

16 魯凱族好茶舊社

王有邦《Sabau！好茶：王有邦影像話魯凱》，雄獅圖書，2016。
台邦・撒沙勒《魯凱族好茶部落歷史研究》，國史館，2016。
奧崴尼・卡勒盛《雲豹的傳人》，晨星出版，1996。
奧崴尼・卡勒盛《野百合之歌》，晨星出版，2002。
奧崴尼・卡勒盛《消失的國度》，麥田出版，2024。

金廣福

停跡坪

16 處國定古蹟的文學跨界書寫

出版單位　文化部文化資產局
發 行 人　陳濟民
行政策劃　粘振裕　林尚瑛　張祐創　陳柏欽
行政執行　鐘郁演　廖玲漳　方瑞蓮
審稿委員　紀佳伶　張舜孔
地　　址　402001 臺中市南區復興路三段 362 號
電　　話　04-22177777
網　　址　https://www.boch.gov.tw

文訊雜誌社
地　　址　100012 臺北市中正區中山南路 11 號 B2
電　　話　02-23433142
網　　址　https://www.wenhsun.com.tw/
讀者服務信箱　wenhsun4@gmail.com

審　　校　李乾朗
作　　者　李秉樺　邱常婷　徐禎苓　張郅忻　陳育萱　陳顥仁
　　　　　奧崴尼・卡勒盛　楊富閔　葉淳之　廖振富　蕭詒徽　謝鑫佑
主　　編　封德屏
執行編輯　徐嘉君　黃基銓　黃心昀
校　　對　封德屏　杜秀卿　徐嘉君　黃基銓　黃心昀
美術設計　黃子欽
插　　畫　萬向欣
攝　　影　吳景騰　于志旭　劉學聖
印　　刷　松霖彩色印刷事業有限公司
定　　價　新臺幣 460 元整
出版日期　中華民國 114 年 9 月初版一刷
ISBN 978-626-395-223-2
GPN 1011400876

本書圖片若未有標示年代，皆拍攝於中華民國 113 年。

國家圖書館出版品預行編目 (CIP) 資料

停跡坪：16 處國定古蹟的文學跨界書寫／李秉樺，邱常婷，徐禎苓，張郅忻，陳育萱，陳顥仁，奧崴尼・卡勒盛，楊富閔，葉淳之，廖振富，蕭詒徽，謝鑫佑作，-- 初版 . -- 臺中市：文化部文化資產局；臺北市：文訊雜誌社，民 114.09
ISBN 978-626-395-223-2

863.3　　114011426